蔡澜作品自选集　卷九

蔡澜

著

一縷飯香

生活·讀書·新知 三联书店

图书在版编目（CIP）数据

一缕余香／蔡澜著．—北京：生活·读书·新知三联书店，2017.1
（蔡澜作品自选集）
ISBN 978 - 7 - 108 - 05611 - 5

Ⅰ．①一⋯　Ⅱ．①蔡⋯　Ⅲ．①杂文集 - 中国 - 当代　Ⅳ．① I267.1

中国版本图书馆 CIP 数据核字（2015）第 310985 号

责任编辑　曹明明
装帧设计　蔡立国
责任校对　安进平
责任印制　徐　方
出版发行　生活·讀書·新知 三联书店
　　　　　（北京市东城区美术馆东街 22 号　100010）
网　　址　www.sdxjpc.com
经　　销　新华书店
印　　刷　北京隆昌伟业印刷有限公司
版　　次　2017 年 1 月北京第 1 版
　　　　　2017 年 1 月北京第 1 次印刷
开　　本　880 毫米 × 1230 毫米　1/32　印张 9.875
字　　数　191 千字　图 16 幅
印　　数　0,001 - 7,000 册
定　　价　37.00 元
（印装查询：01064002715；邮购查询：01084010542）

三联版总序

　　最初写作，是将过往的生活点滴记下，已是三十多年前的事。在报纸的专栏写了一些，终于足够聚集成书。倪匡兄说："也好，当成一张名片送人，能写出一本，已算好的了。"

　　每天写，不断地努力，不知不觉间，书也出版了两百多本。如今看来，其中有些文字已过时，有些我自己不满意，也被编入书中。

　　认识了汕头三联书店的李春淮兄，他建议由三联出版我的全集。我认为与其出版全集，不如出版自选集，文章是好是坏，自己清楚。

　　与北京三联书店的郑勇兄谈妥，以《蔡澜作品自选集》为题，计划每辑四册，总共出七辑二十八册，收录这三十多年来的文章。略觉不佳的，狠心删掉；剩下来的，都是自己觉得还过得去，和大家分享。

　　此事由李春淮兄大力促成，书面市时，汕头的三联书店已经因购书者稀少而关闭。特此以这集书，献给他。

蔡澜

2012 年 11 月 22 日

目 录

及时行乐

当斯坦利·库布里克在一九六八年拍《二○○一：太空漫游》时，我二十七岁。黑暗的戏院里，我在想："要是到了二○○一年，我六十岁，将会是怎么样的一个世界？我会变成怎么样的一个人？"

就那么一刹那，我活过了二○○一年，还到了二○○二年。

丰子恺先生写过一篇叫《渐》的文章，说一切在一点一滴中进行，我们不知不觉地由天真的小孩变成顽固的老头。我认为时间不是一步步走，而是跳着来的。

虽然说将来用基因改造，人可以活到三百岁，但在写这篇文章的年代，还未能实现。人类自始以来，还是多数以百岁为限，从前医药没那么发达，"人生七十古来稀"这句话，代表一生的短暂。《圣经·旧约》中的人物几百岁，当然只是神话。

我们把这一生切开来，分婴儿、少年、青年、中年、老年几个阶段，也以生老病死来区别，都是必经的，但是我们总是怀念和沉湎于从前，这是拜赐于诗歌和戏剧，它们永远歌颂过去是好的。

多美丽的青春，啊，像小鸟一样飞去不回来，我们得珍惜呀！珍惜！

年轻人，懂得珍惜吗？那是破坏的年代。珍惜一个鬼！儿童的天真无邪，多可爱，多可爱！做小孩的时候，我们只懂得要糖吃。当今的孩子，只懂得打游戏机吧。

进入社会，我们为生活奔波，以照顾下一代为借口，只会拼命挣钱，或者无奈地生存下去。

老了，"机器"逐渐坏了，我们生活在痛苦之中，更感叹青春的美妙。

一生就那么愚愚蠢蠢过去，值得吗？在黑夜里，大家反省，得不到一个答案。

从考古发现上看，我们有几千年的文化，但我们还在迷惑：这一生怎么过？

既然有生老病死，我们必须接受，我们怎能不好好享受每一个阶段呢？

童年和青春过得最快了，因为这是无知的年代。当今的教育制度和社会风气已毁灭了童年，小孩子一下子变成中年，年轻人变老。

你现在已经二三十岁了吧？也许四五十岁，或者六七十岁？

看完这篇东西，睡觉之前想一想，你的悲哀，多过你的快乐。人生，不是很有意义的。

怎么报仇？当然是及时行乐了。

老了，至少有点美好的回忆。而这个老，是一定来的，在死之前。

我们明知自己会死，为什么不去讨论？为什么不去笑它？有什么好避讳的？死，也要死得快乐，才对得起自己。怎么死才死得快乐？当然要在活的时候敢作敢为。

许多后悔，都是基于"不敢"。这个"不敢"害死了我们。什么叫作"敢"？敢和不敢，都是别人教你不可做这样、不可做那样，绝对不是自己坐下来就会的事，是别人加在你头上的所谓教育。"勇气"是一个抽象的名词，就像心痛。心痛只是想出来的，不想就不痛，不像人家斩你一刀，那才叫真正的痛。勇气是踏出来的第一步，敢与不敢是一念之差，你认为敢，就敢了。

年轻人最勇敢。他们的敢，基于无知。失败多了，就不敢。但是能屡败屡战，你就可以把青春留住。那么，人，就不会老了。

"不听老人言，吃亏在眼前。"这句古话，是变成了老狐狸的人说的。人学会保护自己，但已老，无可救药地老，老到没什么意思，老到要你和他一样没有意思的老。

勇于及时行乐吧！有好的吃就吃，别相信什么胆固醇。宁愿信赖吃得过多，会生厌的。吃得过多，才有胆固醇。

能爱就爱吧！别暗恋了。喜欢对方，就向对方表明，礼义廉耻可以暂放在一边，总好过后悔一生。

学习新事物，如果你找不到爱的话，它能填满你人生中的空虚，成为一种学问，你也会从中找到爱。

有什么不满的，就努力，努力是必要的，努力之后达不到目的，心理也平衡。不然就懒吧，懒也是生活态度，只要你不要求过多的话。

保持一份"真"最要紧。这份真，是个宝藏，可以维护着你很多很多年。错了，就像小孩一样道歉好了，没什么大不了的。老了还是童言无忌。只有少数人学会这种特技，学不会的话，保持沉默。保持沉默，还是能够把这份真留下来。

有了真，疏狂就跟着诞生。大吃大喝，大笑大哭，旁若无人，又有谁管得着你？偶尔的疯狂，是"真"的营养。

这一生的道路，总要走到一个终结。回头想想，是不是都为了别人而活的？

自私吗？自私有什么不好？先爱自己，才会爱别人。

小时听父母的，大一点听老师的，再大听社会的。够了，够了！不能再为别人而活了。早一天醒来，早一天快乐。

什么？你觉得我说的都是胡言乱语？那么循规蹈矩活下去吧，你不快乐，别埋怨！

蔡澜六十一岁生日，大醉后作。

看
人

　　人活到老了，就学会了看人。

　　看人是一种本事，是累积下来的经验，错不了的。

　　古人说，人不可貌相。我却说，人绝对可以貌相。我是一个绝对以貌取人的人。

　　相貌也不单是外表，是配合了眼神和谈吐，以及许多小动作而成。这一来，看人更加准确。

　　獐头鼠目的人，好不到哪里去，和你谈话时偷偷瞄你一眼，心里不知打什么坏主意。这些人要避开，愈远愈好。

　　大老板身边有一群人，嬉皮笑脸地拍马屁，这些人的知识不会高到哪里去。虽然说要保得住饭碗，也不必做到这种地步。能当得上老板的人，还不都是聪明人？他们心中有数，对这群来讨好自己的人，虽不讨厌，但是心中不信任，是必然的事。

　　说教式地把一件不愉快的事重复又重复，是生活刻板、做人消极的人，尽量少和他们交谈，要不然你的精力会被他们吸光。

年轻时不懂，遇到上述这些人就马上和他们对抗，给他们脸色看，誓不两立，结果是给他们害惨。现在学会对付，笑脸迎之，或当透明，望到他们背后的东西，但心中还是一百个看不起。

美丑不是关键所在。

我遇到很多美女，和她们谈上一个小时，即刻知道她们的妈妈喜欢些什么、用什么化妆品、爱驾什么车。她们的一生，好像都浓缩在这短短的一小时内，再聊下去，也没有什么话题。当然，在某些情形之下，你不需要很多话题。

丑人多作怪是不可以原谅的。几乎所有的三八、八婆都是这个类型。和她们为伍，自己总会变成一字曰"八"，总之总之，碰不得也。

愁眉深锁的女人，说什么也讨不到她们的欢心，不管多美，也极为危险。这些人多数有自杀倾向，最怕是有这个念头时，拉你一块儿走。

这种女人送给我，我也不要。现实生活上也会遇到的，像林黛和乐蒂等人，都是遗传基因使她们不快乐。

大笑姑婆很好，她们少了一条筋，忧愁一下子忘记，很可爱的。不过多数是二奶命，二奶又有什么不好？她们大笑一番，愉快地接受了。

爱吃东西的人，多数不是什么坏人。他们拼命追求美食，没有时间去害人。大笑姑婆兼馋嘴，是完美的结合，这种女人多多益善。

样子普通，但有一股灵气的女人，最值得爱。什么叫有灵气？看她们的眼睛就知道，你一说话，她们的口还没有张开之前，眼睛已动，眼睛告诉你她们赞不赞成。即使她们不同意你的看法，也不会和你争辩，因为，她们知道，世界上要有各种意见，才有趣。

我们以前选新人，六七十年代时一部片就有上千个候选人，谁能当上女主角，全靠她们的一对眼睛。有的长得很美，但双眼呆滞，没有焦点，这种女人怎么教，都教不会演一个小角色。

自命不凡，高姿态出现的女强人最令人讨厌——她当身边的人都是白痴，只有自己才是最精的。这种女人不管美丑，多数男人都不会去碰她们，从她们脸上可以看出荷尔蒙的失调。

"我还很年轻，要怎么样才学会看人？"小朋友常这么问我。

要学会看人，先学会看自己。

本人一定要保存一份天真。

像婴儿一样，瞪着眼睛看人，最直接了。

沉默最好，学习过程之中，牢牢记住就是，不要发表任何意见，否则即刻露出自己无知的马脚。

注视对方的眼睛，当他们避开你的视线时，毛病就看得出来了。

也不是绝对地不出声。将学到的和一位你信得过的长辈商讨，问他们自己的看法对与不对。长辈的说法你不一定赞同，可以追问，但不能反驳，否则人家嫌你烦，就不教你。

慢慢你就学会看人了，之中你一定会受到种种的创伤，当成交学费，不必自怨自艾。

两边腮骨突出来的，所谓的反腮，是危险的人，把你吃光了骨头也不吐出来。以前我不相信，后来看得多，综合起来，发现比率上坏的实在多。

说话时只见口中下面的一排牙齿，这种人也多数不可靠，台湾的陈水扁，就是一个例子。

一眼看上去像一个猪头，这种人不一定坏，但大有可能是愚蠢的、怕事的、不负责任的，香港的马时亨，就是一个例子。

从不见笑容，眼睛像兀鹰一样的，阴险得很，伊拉克的侯赛因、德国的希特勒，都是例子。

什么时候学会看人，年纪大了自然懂得。当你毕业时，照照镜子，看到一只老狐狸。

我就是一个例子。

流
学
生

我们家里挂着一幅很大的画，是刘海粟先生的《六牛图》。

"像我们一家，"爸爸常对我说，"你妈和我是那两头老的，生了你们四头小的，转过屁股不望人的那头是你，因为你从来不听管教。"

"你更像一匹野马，驯服不了的那一匹，宁愿死。"妈妈也常那么骂我。

"他的反抗，是不出声的。"哥哥加了一句。

"没有一间学校关得住他。"姐姐是校长，口中常挂着"学校"两个字。

我自认并不是什么反叛青年，但是不喜欢上学，倒是真的。我并非觉得学校有什么问题，而是制度不好，老师不好。喜欢的学科，还是喜欢的。

对于学校的记忆，愉快的没有几件。最讨厌是放假，还有放完假又做不完的假期作业。

大楷小楷，为什么一定要逼我们写呢？每次都是到最后几天才画符。大楷还容易，大字小字最好写，画笔少嘛；但那上百页的小楷，就算让你写满一二三，也写得半死。每次都是担心交不出作业而做噩梦，值得吗？我常问自己。有一天，发生了兴趣，一定写得好，为什么学校非强迫我做不可？这种事，后来也证实我没错。

数学也是我讨厌学校的一个很大的原因。乘数表有用，我一下子学会了，但是几何代数，什么 sin 和 cos，学来干吗？我又不想当数学家，一点用处也没有。看到一把计算尺，就知道今后一定有一个机器，一按钮就知道答案，我死也不肯浪费这种时间。

好了，制度有它的一套来管制你：数学不及格，就不能升级。我也有自己一套来对抗，不升级就不升级，谁怕了你了？

我那么有把握，都是因为我妈妈是校长。从前没有 ICAC，学校和学校之间都有人情讲，我妈认识我读的学校的校长，请一顿饭，升了一年。到第二年，校长说不能再帮忙了，妈妈就让我转到另一间她认识的校长的学校去。校长认识校长，是当然的事。

所以我在一个地方读书，都是留学。不，不是留学，而是"流学"，一间学校流到另一间学校去，屈指一算，我流过的学校的确不少。

除了流学，我还喜欢旷课。从小就学会装肚子痛，不肯上学，躲在被窝里看《三国》和《水浒》。当年还没有金庸，否则一定假患癌症。

装病的代价是吃药，一病了，妈就拉我去同济医院后面的"杏生堂"把脉抓药，一大碗一大碗又黑又苦的液体吞进肚里。还好是中药，没什么不良反应。

长大了，连病也不肯假装了，干脆逃学去看电影，一看数场，把城市中放映的戏都看干净为止。爸又是干电影的，我常冒认他的签名开戏票，要看哪一家都行。

校服又是我最讨厌的一种服装。我们已长得那么高大，还要穿短裤上学，上衣有五个铜扣，洗完了穿上一颗颗扣，麻烦到极点。又有一个三角形的徽章，每次都被它的尖角刺痛，还不早点流学？

那么讨厌学校的人，竟然去读两间学校。

早上我上中文学校，下午上英语学校，那时我爱看西片，字幕满足不了我，自愿去读英文。但英语学校的美术课老师很差，中文学校的刘抗先生画的粉彩画让我着迷，一有时间就跑到他的画室去学。结果我替一位叫王蕊的同学画的那幅粉彩给学校拿去挂在大堂的墙壁上，数十年后再去找，已看不到。幸好我替弟弟画的那张还在，如今挂在他房间里。

体育更是逼我流学的另一原因，体育课不及格也没得升级。我最不爱做运动，身高关系，篮球是打得好的，但我也拒绝参加学校的篮球队，和那班四肢发达、没头没脑的家伙在一块儿，迟早变猪猡。

当年还不知道女人因为荷尔蒙失调，会变成那么古怪的一个人。那个老处女数学老师，是整个学校最惹人憎恶的。

无端端地留堂，事事针对我。我照样不出声，但一脸的瞧不起你又怎么样，使她受不了。

我们一群被她欺负得忍受不住的同学，团结起来，说一定要想办法对付她。

生物课是我们的专长，我们画的细胞分析图光暗分明，又有立体感，都是贴堂作品。老师喜欢我们，解剖动物做标本的工作，当然交给我们去做。

那天刚好有个同学家的狗患病死去，就拿来做标本，用刀把它开膛，先取出内脏，再跑去学校食堂，借了厨房，炒乌冬面一样粗的黄油面，下大量西红柿酱，将这一大包拿回生理课教室，用个塑料袋铺在狗体中，再把样子血淋淋的炒面塞进去。

把狗拖到走廊，我们蹲了下来，等老处女走过时，挖那些像肠子的面来生吞，一口一口吃进肚子，口边沾满红色，瞪着眼睛直望那老处女，像在说下个轮到你。

老处女吓破了胆，从此不见她上课，我们开心到另外一个老处女来代替她为止。

我常说澳门是个明日之星。赌非我所好，但当地的美食和其他享受，去过之后绝对不会想自杀。海外友人听了要我更详细地说明。好，举个例子，就单单说芬兰浴室的"大班"吧。

地方很容易找，就在码头对面的回力球场里面，面积有三万平方英尺，员工三百人，平均每一百英尺就有一个人服侍。可以说是全港澳最大的一间，设有男女宾部。

一般的芬兰浴室只是冲个凉就走人，这里则有 SPA 的感觉，客人可以悠悠闲闲过个半天。

开业已有十年历史，里面的装修还是簇新，可见用料之好。更衣室宽大，在那里脱了衣服就走进池子，冻、冷、温、热四个大池随意选择。蒸汽浴就像一面大银幕，隔着玻璃望出，无压迫感。

冲完凉有师傅擦背，来的是位叫阿 May 的潮州姑娘，娇娇小小的身材，穿着泳衣。一贯被男人擦惯背的我，心中嘀咕："新玩意儿吧，够力吗？"

房间内有张皮沙发床，上面吊下花洒冲身，但她不用，只管在木头的大水桶中舀水冲在我身上，比花洒痛快得多。先用肥皂洗一次，再把毛巾卷成一把"布刀"，大力刮身上每一寸皮肤。来自南洋的我，有天天冲凉洗头的习惯，自以为很干净，还是被她搓出许多老泥，并调皮地磨成一颗，笑说："济公丸。"

洗完身体再替你洗脸、刮胡子和做面部按摩，之后又用大水桶冲水。我暗算了一下，足足用了三十桶水，可见臂力有多大，擦背的劲道绝不逊于男师傅。

完了，要给小费。阿May说："最多只能收一百，不给也不要紧。"

"大班"的好处就是没有香港讨厌的"代支"制度，价码写得清清楚楚，各项服务和香港比起来便宜得发笑。擦那个足足四十分钟以上的背，才八十八块港币，合起来不过十美元。

好像全身轻了几磅，走进休息室，才记得有些重要的电邮未阅。一看，有十部最新型的计算机，采用高速宽带网络，一下子看完。

这时饥火旺盛，悠闲区的一角设有自助餐，刚好碰上泰国美食节，冬荫功和粉丝沙拉等应有尽有，都是免费的。要不然可叫老火明汤，饭、面、粥等小食及时令生果果汁，都包在基本桑拿浴二百三十八块的费用上。

本来可以直接到按摩室的，但来之前晚上睡歪了颈项，还是找专家较好。"大班"设有"华夏穴位推拿室"，从广西请了七位领有正式牌照的中医师为客人做按摩，在人体经络上进行物理刺激，调节机体平衡。更厉害的肌肉痛楚，有刮痧、拔罐等治疗法。

另一边是香熏按摩，由女子服务，另加面部护理，头部按摩，手和脚当然也有。亦可同时进行修脚甲、手甲、采耳。

脸部按摩的一位叫 Angel 的少女是名副其实的招牌女郎，摆在门口的那张照片拍的就是她，容貌和手艺都是一流的，不当明星就可惜了。

回到休息室，Plasma 电视机十多架，看足球的人看足球，看港产片的看港产片，各取所好。侍者献上一个澳门特产猪扒包，实在好吃。

"蔡先生你西洋茶喝不惯吧？"一位公关小姐说，"我们这里有普洱、寿眉、铁观音，还有台湾的高山茶和医感冒的甘和茶。"

"还有什么其他设施，带我去看看。"我说。

公关小姐领我到一个很大的房间："客人累了可以在这里睡觉，一共有三十多张床。"

"真的有人在这里过夜的吗？"我问。

她点头："有一个来了之后，一连住了四天，一步也不踏出门。"

我笑了："那不是连本带利都回来了？"

"从前只要不出门，就不收费，但这种客人一多了，我们只好采取一天制，像酒店二十四小时算 check in 和 check out 一次。我们避免客人不喜欢这个新制度，到了凌晨十二点送蜜汁叉烧咸蛋饭，凌晨五点再送各式粥品。"她说。

"要是客人不爱吃这些呢？"

"我们有成本收费服务。"她说。

"成本收费？"

她解释："从出名的中餐西餐厅叫来，要吃什么都有，最贵的十六头吉品鲍卖三百三，最便宜的腊味油鸭髀煲仔饭卖十八块。总之，目的是要多一点客人来，在食物上赚不赚钱不要紧。"

"好呀。"我说，"下次和几个朋友来大吃大喝。"

"有一群飞机师十个人，也是每月来一次的，之前先写好菜，冲凉后吃饭。"

想到有时应酬外国商家，在香港花费那么多也不一定高兴，带他们来这里，全套服务做尽，最多最多也只是三两千块钱。生意做得成是没问题的，他们自己想再来嘛。

　　"我要去蒲松龄故居，怎么走？"向青岛酒店的女职员询问，通常礼宾部都有些数据的。

　　"蒲松龄？"她一脸茫然，显然没听过这个人，"他的故居在哪里？"

　　"我像你那么聪明，就不必问你了。"我放弃。

　　这回去山东，节目做完，我有一天空余，想去完成我多年来的心愿。

　　再打听几次，才知道在淄博，当今的人不看书，没听过《聊斋》。又回礼宾部租车子，那女职员说："淄博离这里三百多公里，每公里车钱三块，来回连高速公路费两千多块，你有多少人去？"

　　"一个。"我说。

　　那表情惊讶，好像在说一个人付那么多钱看一个不知道是什么样的人，值得吗？当今的人不看书，没办法。

车子安排好，我问司机："现在早上十点，我晚上七点还约了人，赶得回来吗？"

他点头，好像很有把握。我乘上车，打开录音机听说书。一路三个多小时，经过了潍坊，进入淄博，"淄"字念成滋味的"滋"。到了淄博还要有一段路才到淄川，才看到"蒲松龄故居"的指示牌，松了一口气。

蒲松龄故居给一个占地三百亩的"聊斋园"包围，园子是新建的，外墙一看像胡金铨在邵氏片厂后山搭的布景。内地许多仿古建筑，都是那个样子。

还是请个导游省时间，她先带我到一室，里面有蒲松龄一生的画像，把前来参观的客人当成文盲。蒲老的生平我比她懂得更清楚，催她上路。

"那边有座聊斋宫，去不去看？"她指着远处山峰的一个塔形建筑问。

"新建的？"我问。她点头，我摇头。

"还有石隐园、木偶剧场、童趣广场、百子嬉乐园呢？有个观狐园，里面养的狐狸有黄色的、灰色的和紫色的！"她问。

我听得怒火中烧，蒲松龄在世的话，看你们把狐狸关在笼里卖门票，不气死才怪。大叫道："旧的，我要看旧的。"

"只有柳泉了。"她说。

那口井从前称为满井，水涌出。蒲松龄在旁边的茶寮沏茶送烟听过路人讲故事，当今被称为资料收集了。井很小，被铁栏杆围住，看不到井里有没有水。连被称为"泉都"的济南，所有泉水包括著名的趵突泉也被人抽光，大明湖也半干了，柳泉也逃不过现代人的魔掌吧？

"走，走，走，"我又赶着她，"先带我到故居。"

石砌的小径中，有块大石牌刻着个狂草，是个"蘪"字，草木茂盛的意思，较有看头。但那些刻着狐狸的半抽象雕像，造型一点也不可爱，是些没见过外国大师级作品的匠人所刻，许多文章还赞其形象逼真，栩栩如生，真是令人作呕。这些东西远远比不上郭沫若的那副楹联："写鬼写妖高人一等，刺贪刺虐入骨三分。"

路经小卖店，我倒有兴趣进去看看。《聊斋》的线装版印得不够精美，没买。有一册三本的《蒲松龄全集》值得购入，由上海学林出版社出版，里面收集了故事四百九十篇、诗一千两百多首、词一百多阕、散文近五百篇；有关农业和医药杂著五种，三出戏本和鼓词以及俚曲十四种等等，今后可以慢慢细读。

"还是先带我到故居吧。"我心急。

"那要出了园子经过蒲家村的。"导游说完领路。

蒲松龄的家，当今看起来连庭院好像很大，但这都是后来加建的，他原本住的只有陋室三间，保存着他用过的那两方石砚，跟随了他一生，磨得见底，但是不见真迹，也许怕人偷被管理员收藏起来。

从故居出来，有几家餐厅用蒲松龄为名。没时间吃饭，看看菜单，只是些炸背脊之类的粗糙山东菜，蒲松龄生前也只尝过这些吧，虽说他被同乡收留当私塾的老师，当年的人对人吝啬，没什么高薪，蒲松龄享受的只是该富商的藏书而已。在那时候写的狐鬼故事，应该不受重视，只有一个当官的王渔洋赏识，令蒲松龄颇为感动。其实，我们后人是因为知道蒲松龄，才知道有王渔洋。

虽说蒲松龄一直郁郁不得志，但没停过写作。有很多愤世嫉俗的人为一生不平，又没留下什么，非能与蒲松龄或梵高可比。

"最后带我到蒲松龄的坟墓去。"我向导游说。

从故居折回，一七二五年同乡张元撰文的碑已被"四人帮"所毁，后来崇拜他的作家茅盾再写过刻过，碑文也烂得七七八八。

从和尚袋中取出两本书，是我抄袭和模仿蒲松龄的小说《夏天的鬼故事》和《秋天的鬼故事》，恭敬放在墓前，合十，说声："蒲老，晚辈向您致敬。"

蒲松龄的坟墓与众不同，一般人的像个土馒头，蒲老的是一堆很长的泥土砌成，足足有三个普通坟墓那么大。

我想，第一次被人盗墓，以为名气那么大一定有些金银珠宝，但发现陪葬的只是两方破砚和一个烟嘴及几方印章，挖了就那么荒弃。爱戴蒲老的乡人抬了泥土去埋过，把剩下的堆成一堆，变成两个。红卫兵又来挖，乡人又堆，才变成现在这个样子。

蒲老懂风水，他选的墓地宜子孙。当今一村子的人，都是吃他的，喝他的。

重
访
红
磨
坊

电影的影响真大。小时看约翰·休斯顿拍的《红磨坊》，就一直想去看这个著名的巴黎音乐厅。年轻时到过，恰好是歌手兼演员的伊夫·蒙在那里演唱，毕生难忘。

后来"红磨坊"代表了老土，成了专骗游客的地方，大家走过，但不会走进去。

近年又重拍电影，卷起一阵热潮，将活力重新注入。我组织了一个法国南部普罗旺斯的旅行团，终点在巴黎。有些团友要求我带他们去。老大不愿意，但也只能跟着重访。

正确地址是 82，Boulevard de Clichy，75018，个人去可以请酒店的礼宾部为你订座，每晚分两场表演，九点和十一点。

到那里吃饭的话七点钟入场，最贵的餐要二百一十五欧元，包括半瓶香槟，由名厨 Laurent Tarridec 主持，东西也不太难吃。一般游客只看表演，喝喝酒算数，门票减半。

一面吃饭一面听男女歌手唱歌，不是什么一流人物，听得观众昏昏欲睡，尤其是有时差作怪。在光辉的日子，Edith Piaf、Maurice Chevalier、Jean Cabih 都到红磨坊表演过，连美国的名歌星也请来，像 Elton John、Liza Minnelli 和 Frank Sinatra。

歌舞厅是一个长方形的建筑，舞台在中间，今天看来已残旧。当然，它在一八八九年创立，称之为第一座女人皇宫，已有一百多年的历史了。

一张张的桌子围着舞台，背后的座位是高叠上去的。从前的客人穿着晚礼服前来欣赏，当今虽然不必穿晚装、打领带，但也不欢迎穿牛仔裤和球鞋的，这也许是法国人对美国文化的微弱抗议吧。

灯光一暗，表演开始，一百个舞蹈者穿着各色各样的衣服，戴满羽毛，这场一连一小时四十五分的 show，他们将换上一千套服装，但令观众的眼光集中的是那几个裸着胸的舞娘。

也不是每个女的都有资格，并非看她们的胸部是大是小，台柱们只有十多二十个，后面陪衬的要拿奶奶出来导演也不许。

最初出现，一两桌美国大汉吹哨子，做猫叫，看多了发现原来并不色情，这些怪声也慢慢消失了。

一场场的布景和服装不断更变，他们穿插了一些杂技和魔术。当然是拉斯维加斯的水平，没有中国杂技团那么精彩。

较为有趣的是一场口语术表演。通常这些艺人抱着一个木头傀儡，用手插进它的肚子伸到头部，一张一闭配合嘴形，一个人讲两个人的话，不开口也能发音。这次的口语术师比较聪明，用的是一只狗。这只宠物也给他训练得没有表情，待表演完毕放它在地上走进后台，观众才知道它是一只活生生的狗。

多场歌舞之中一定穿插些东方色彩。十九世纪末期日本的版画被法国的艺术界发现，卷起一阵日本热，残缺的画家 Toulouse-Lautrec 流连于"红磨坊"，用版画技巧为它画了不少广告，当今已变为国宝。

舞娘们穿的服装和表演的各种姿态，又是日本又是中国又是泰国和印度，是从前的西洋人眼中的东方，我们看起来不伦不类。据说在兴盛时期还把大象和老虎搬上舞台，现在当然没有这种制作费了，代之的动物是十几只小型的马匹，像拿破仑狗那么大，由裸胸的舞娘牵出来团团乱走。没看过这种迷你马的人觉得新奇，注意动物多过看人。

这一类食古不化的表演和日本的宝冢歌舞团差不多，正当觉得没有看头又要睡觉时，来了一场贡献处女给神明的戏。一百个人载歌载舞，中央的舞台慢慢升起，是现代化的塑料透明水箱，一千平方英尺左右，奇大无比。水箱中还有十几条巨蟒浮游，起初还以为是道具，后来一看蠕蠕动着，是极为危险的动物。

一下子，表演者把那个处女扔进了水箱之中，群蛇冲前，观众惊叫之余，发现原来是一场人与蛇的舞蹈。那个几乎全裸的舞娘像在水中与大蛇做爱，是全场的高潮之一，让大家看得值回票价。

压轴的当然是肯肯舞。肯肯舞本来是妓院中的表演，裙内不穿东西，正式搬来给一般观众看的，发祥于"红磨坊"。那一大群女人高举裙子，摆动大腿又叫又跳，当今觉得没什么看头，从前的人见到内衣底裤，已经谷精上脑了。最后所有舞娘都一字马地重重摔在舞台上，据说这是妓女们难度最高的一招，真的不能想象，顾客不折断才怪。

整个歌舞厅可以坐八百五十个客人，有三分之二是东方面孔。歌手在唱法国小调和美国歌时，掺了一首当年坂本九的日本流行歌，曲名为《望着天空向前走》，美国人嫌歌名太长难记，改叫作 Sukiyaki。歌手叫观众鼓掌一起唱，但台下一点反应也没有，去"红磨坊"的，已经都是中国游客了。

绿屋绮梦

我在日本生活时，住的公寓有个用日文拼成的洋名字，叫
GREEN HOUSE，我们翻成"绿屋"。

已经是四十年前的事，但是我记得"绿屋"的每一个细节。

位置在离新宿较远的大久保车站，该区叫作柏木，但路旁不
见松柏，是一座两层楼的木造的单薄建筑，一共才有四间。我们
住二楼，四叠半的厅连煮食处，房间六叠。日本人的住屋都以叠
计算，一叠是一张榻榻米，三英尺乘六英尺。总面积一共才一百
八十九平方英尺。

有个洗手间，当年算是中等的了，冲凉要到公众浴室去。木
造的房子当然不能装冷气，更谈不上什么中央空调系统，太小了
放不下冰箱，那六年的寒暑是怎么过的，现在不能想象。

楼下住的是屋主夫妇，他们在公寓的前面开了一间小店，独
沽一味卖味噌，亦即日本的面酱。各类味噌从全国各个角落运

来，免费让我们尝试。我对味噌的认识是从那里学来的。

屋主旁边的单位本来空着，后来大儿子结婚，就让他们一家住。

我们隔壁住着一对夫妇，没有子女。丈夫在大机构打工，职位不是很高，收入不够，妻子晚上去新宿的酒吧当妈妈生，帮补帮补。

其实大久保区住的多数是妈妈生和酒女，离新宿近嘛，大家都干这一行。到了黄昏六点钟就排满的士，载她们上班。换上和服或西洋盛装，搭火车是不方便的。

屋租不贵，因为后面有铁轨，电车不停来往，发出巨响，就像很多日本电影中出现的情景。和从前的九龙城区一样，飞机经过，习惯了也听不到什么杂音。

"绿屋"是"不动产屋"介绍才找到的，数十年前日本已流行这种房地产公司的行业，租屋要六个月的押金，加一个月的介绍费，是一个大数目。

搬进来的第一天，就有一种家徒四壁的感觉，事实上也是，什么东西都没有嘛，先解决的是 futon。

那是铺在榻榻米上面的一张垫子和一张棉胎厚被，枕头另加。我身高六英尺，买现成的 futon 总露出脚来，晚上做梦，常见整个沉在水中的城市，涉水而过。

面巾是带去的，但晾面巾架子没买，刷了牙洗完脸睡觉，只有把面巾铺在枕头的旁边。巧遇日本近数十年来最寒冷的一个冬天，第二天一醒，面巾结了薄冰僵掉，不觉凄凉，好玩地拿起来当扇子。

起身再去购物，买了一个煤气火炉，顶是平的，可以放一个水壶烧水沏茶。一大堆东西亲自搬回家。哈，这一下子可好，迷了路。

好在身怀地址，记得来之前有日本通说过，不认路可问街角设立的"交番"。那是一种警察制度，把整个警局分布，每个"交番"驻一名。没有什么罪案，警察最繁忙的工作是替人家找路。

跑去问，那厮指手画脚说明了半天，用手势问："找谁?"

我用手势回答："我自己的家。"

他瞪了我一眼，不再出声。

带去的钱不多，每买一种东西都要比价，但看电影是不能省的。虽然附近有间"国际学友会"的日本语学校，上了几堂就逃学。我认为学习一种新的语言，莫过于看电影，把同一部电影看上四五十遍。画面上出现的东西在现实生活中发生了，语言冲口而出。

新宿伊势丹百货公司对面有家"日活"戏院，楼下放映首轮，楼上次轮，票价减半。日本制度是一走进去，要是不出来的话就不必再买票。我就买一个面包不停地看相同的戏，看到终场为止。

不出数月，我已能运用生硬但发音准确的日语，家里添置的东西也愈来愈多了。为减轻房租的负担，同乡来的朋友一个个搬进来住，"绿屋"一时曾挤过六个人，四名睡房，两名住厅。

厨具也齐全了。所谓齐全，不过是多几套碗碟，锅子还是只有一个，但是巨大无比。把煤气管拉长，炉子设在桌上，就那么炮制起火锅大宴。买些鱼，买点肉，一大堆豆腐和蔬菜，都是最便宜的，全部放进锅中煮。大家拿着碗筷，一见熟了就捞来吃，就此而已，也是乐融融的。浪迹他乡，流泪也没有用。

酒最便宜了，一大瓶一点四升的 Suntory Red 威士忌也没几个钱，大概是纯工业酒精吧，下喉发火，得加冰喝。没有冰箱哪儿来的冰？打开水龙头，当年还有比矿泉水更甜美的地下水喝，地下水冰凉，正好用来兑威士忌。

喝得多，瓶子可以换面纸，堆积在屋外的走廊，已成小丘，望着那些空瓶，大叫酒的尸体！

已开始有女朋友了，她们都有家，不能过夜。小聚时和同居友人约法三章，把红色毛线衣挂在酒的尸体上，大家就不准干扰。

昨夜又挂红色毛线衣，原来是绮梦，有感而发，书此记之。

绿屋厨房

日本一住下来，朋友多了，同学也不少。

大家都穷困的六十年代，食物之中，肉类最贵，我喜欢讲的一段往事是吃咖喱饭。当年自以为是苦行僧，什么花费都得省，到餐厅去一定选吃最便宜的。

食肆不管多小，都有一个玻璃橱窗，摆着各种蜡制的菜，标明价钱。一碟四十日元的荞麦拉面，上面只有几丝紫菜，吃多生厌。看到那碟五十日元的咖喱饭，上面有一块邮票般大的猪肉。好，等到星期六晚上，就吃它。

饭上桌，但是看不到肉，用铁汤匙翻开咖喱浆仔细寻觅，怎么找，也没发现，只有作罢。

在家里拒绝吃的半肥瘦猪肉，来到异乡想吃。以为有点油水才有营养，岂知失望，此事记忆犹新。

我不是一个容易被悲伤打倒之人。没肉吃？想办法呀！走过肉铺，最便宜的就是猪脚。日本人不会吃，一只猪脚二十日元卖给你，花一百六十日元买了十只，店里奉送两只。拿回来红烧。日本人勤劳，已把毛刮得干干净净，冲洗后即能炮制。

那个吃火锅用的巨大锅子又派上用场了，猪脚滚了一会儿后把水倒掉，过冷水，再把水加到盖住猪脚，下酱油和从咖啡室顺手牵羊的糖包，煮将起来。

当然加花椒八角和冰糖最好，但哪有这种材料？

两小时后，一大锅香喷喷的红烧猪脚即能上桌，大家久未尝肉味，吃得十分开心。请些日本同学回来，照样做给他们吃，更开心。

吃不完的话翌日再吃，友人来到，奇怪地问，没有冰箱，哪来的猪脚冻？原来只要打开窗，放在外边就是。同样的问题，夏天的可乐怎么是冰的？放在水龙头下冲，地下水冰冷，水果用的也是一样的方法。

剩下的猪脚汁，煮熟一打鸡蛋放进去再煮，吃得一滴不剩为止。

久而久之，同学们就把我们那间公寓叫作"绿屋厨房"，该餐厅出品还有著名的水饺。在肉店买了一些搅碎的肉，和面铺购入大量水饺皮，一包就是上百个。馅的种类可多，加蒜、菜，白菜或高丽菜都行。

那一大锅水滚了，把水饺放进去。浮上，加一碗冷水，再浮，再加。滚三次之后，水饺即熟，捞起来吃，最后在水中加点葱花和酱油当汤喝。

一个叫加藤的同学后来当了和尚。数十年后访港，问他要不要去斋铺。他回答想吃当年我煮给他的水饺，我说有肉呀！他微笑合十："记忆，不是肉。"

也不是每次都成功。结识一些台湾来的女子，她们来绿屋吃过几餐饭，不好意思，把家里寄来的乌鱼子拿来当礼物。我们这些穷小子不知珍贵，拿去煮汤，结果一塌糊涂，腥味冲天，真是暴殄天物。

把这件事告诉了她们，给取笑一番。当晚她们留下，我们可没浪费。

滚大锅粥可没失败过。日本人除了鲷鱼之外，其他鱼的头都不吃。到百货公司地下食物部，见职员砍下鱼头后准备扔掉就向他们要，免费奉送。拿回来斩件，用油爆一爆后放进先前煲好的那锅粥中再滚个十几分钟，即成。

用来取暖的煤气炉上放一壶水，滚了沏茶。

一天，同居友人已煲了水，我从外边赶回来，一打开门撞倒了水壶，就那么淋了下来，把我的脚烫熟了，痛入心肺，强忍之下脱掉袜子，那层皮也跟着剥开，露出带血的白肉来。

这下子可好，家里也没有烫伤药，同居的一群人不知如何是好。

"我妈妈说要涂油。"其中一个说，"没有药油用粟米油也可以。"

"不不不，"另一个叫，"我妈妈说酱油才有效。"

七嘴八舌议论纷纷，然后不管三七二十一又粟米油又酱油倒在我脚上。

"又不是猪脚！你们干什么？"我大喊一声，他们才呆住。夜已深，附近诊所关门。也不去什么急救医院，吞了十几颗安眠药想睡睡不着，结果弄得有点迷幻，一边讲故事一边自己哈哈笑，闹至天明。

真是不巧，翌日又接家父电报，说来日本公干，要我去机场迎接。只有硬硬地换了一对新袜子穿上鞋，怕他担心，不能做出一跛一跛的样子。

到了酒店放下行李，父亲忽然说要到绿屋看看，只有带来。想起他喜欢吃鸡，尤其是鸡尾，回家之前到鸡肉店买来煮拿手的大锅粥。

日本的鸡店中看不到全鸡，都是分开来卖：胸是胸，翼是翼，腿是腿。至于鸡屁股，也是洗得干净，排成一排排放在铁盘中。就买他一盘，日本鸡尾肥大，有数十个。

走进屋，家父心酸。还以为他发现了我被烫到，原来是他看到我们住在那么小的地方，有感而发。即刻假装看不到，炮制起粥来。那一大锅鸡屁股，最初几个还觉得好吃，大家拼命添给他，结果弄得老人家一看鸡屁股就怕怕，一生再也不敢碰它。

喝矿泉水，我还是喜欢有汽的。

数十年前崂山矿泉在香港卖广告，说要喝"咸"的，还是"淡"的，记忆犹新。有汽是前者，带点咸味。

上一次去法国，在普罗旺斯一家很舒适的餐厅中，看到侍者拿了意大利的 San Pellegrino 有汽矿泉水倒给我，就知道这家人的水平一定不错。

法国人骄傲，一向认为自己的东西最好。要喝有汽矿泉水？他们即刻拿出 Badoit 牌子出来。

但是 Badoit 的汽是不够的，味道也没那么好。如果一间餐厅能不顾面子而用其他国家比他们更好的水，这家人就很虚心，食物必有水平。

小朋友问："为什么他们不用 Perrier? Perrier 才是最代表法国的有汽水呀！"

"在法国，很少餐厅看到 Perrier。"我说，"我曾经上网看 Perrier 的历史，发现它说得很暧昧，就是不讲现在是谁的。"

"什么？"小朋友说，"你说 Perrier 公司不是法国人的？"

我点头。

"那么 San Pellegrino 不会不是意大利人的吧？"小朋友一副不相信的样子。

"Perrier 不是法国人的，San Pellegrino 也不是意大利人的，"我说，"它们全都给一家叫雀巢的公司买去了。"

"卖咖啡粉的那家雀巢？"小朋友问。

"它是全世界最大的食品机构，由 Henri Nestle 在一百多年前创立，当年母奶不足，每五个婴儿之中就要死一个，妈妈又要出外工作，没时间哺乳，就发明了奶粉。我们小时候喝的 Milo 也是由雀巢做的，目前美国人早餐吃的各种麦片和粟米片也多是这家公司的产品。朱古力市场中，KitKat、Crunch 等也是。连宠物市场的生意也做了，卖 Friskies 猫粮。"

"只做食品吗？"

"不，不，"我说，"大家都认为是法国的化妆品公司 L'Oréal 也给他们买了。全球那么多家免税店，他们都有份儿。"

"哇，美国人真厉害！"小朋友感叹。

"雀巢不是美国公司。"

"什么？那么是英国人的，我一直以为 Milo 是英国人制造的。"小朋友说。

"雀巢是一家瑞士公司。"

"真是没想到。"小朋友说。

"当今的社会也无所谓什么东西是什么人的了。"我说,"反正都上了市,任何国家的人都能买股票。有钱的话什么公司都能买到。像 Louis Vaitton 集团,还买了 Christian Dior、Celine、Fendi、Loewe、Kenzo、Donna Karan 等名牌。"

"哇,还有呢?"小朋友问。

"酒的方面,最出名的香槟 Moet & Chandon、Dom Perignon、Krug,白兰地的 Hennessy、Hine 等,都是他们的。"我说。

"那一定是家老公司了?"小朋友问。

"也不是,在一九八七年才成立。"我说,"要是够眼光,就能成为大集团。"

"我们谈回水吧。"小朋友说,"在欧洲叫水,怎么说有汽的和没汽的?"

"英语你懂得,不必说了。"我说,"拉丁语系水叫作 Aqua,发音为阿瓜,汽是 Gas。Gas 不是英文中发音 Guess,而是 Ga 字后加一个 s。有汽说 Con Gas,没汽说 Sin Gas。而 Sin 字不念成英文罪恶的 Sin,发音为辛苦的辛。"

"水分多少种呢?"

"可以喝的水分池塘水、山泉水、矿泉水。几亿年来,地球上的水都取之不竭,在短短的这几十年,我们把地下水喝得七七八八,像出名的泉都济南,泉水都喝干了。其他的水被污染,我只有喝瓶装水了。"

"你喝哪种瓶装水？"小朋友问。

"喝崂山或者 Evian。"我说，"酒醉之后，半夜醒来，喝这些矿泉水，才知道水是甜的。"

"你常旅行，自来水敢不敢喝？"

"照喝不误。"我说，"很多餐厅供应的水，都是自来水。不过内地的还是避免喝它，有氯味，上海酒店大堂的喷泉，都充满这氯味。"

"蒸馏水呢？"

"我最讨厌喝蒸馏水了。"我说，"什么营养也没有，什么矿物质也没有。拿去浇花，花会死掉。在一九七〇年有个叫 Paaro Airole 的人发表过一篇论文，讲蒸馏水的种种害处，你有空不妨在网上看看。"

"世界上什么水最好？"

"这要喝茶的人才知道。"我说，"我有一群专门研究茶道的朋友，他们把所有的水都试了，认为北海道出产的一种叫'柏水'的最好。"

"从喝水可以看出一个人的性格吗？"小朋友问。

我笑了："水应该喝冷的，或者与室内温度一样。所有喝滚水的人都应该避开，既然要喝滚水，为什么不喝茶？在外国如果你喝滚水，一定会被人认为是怪物。当然，美女除外。"

阿关

　　来绿屋的女友，有一个姓关。

　　日本人的姓氏，和中国人相同的只有"林""吴"和"关"了。关字日本发音成 SEKI，但是我们留学生都叫她阿关。

　　阿关的特点是皮肤白里透红，这一点对我们来说是一个很大的引诱。两颗大眼睛跳动，看得出人很聪明。个子也不像一般女孩子那么矮，小腿一点也不粗。阿关是很漂亮的。

　　我们当学生的时候，阿关已经出来做事，虽然大家年纪都差不多。常于上班时间在大久保车站遇到她等车，互望而已，我们都不敢上前搭讪。

　　终于见得多，打了招呼，说声早安，阿关很客气地微笑鞠躬，但没出声。

　　最后由一个胆子最大的马来西亚来的同学提起勇气，问道："你叫什么名字？"

她从怀中拿出一管原子笔，在掌心上写了一个"关"字回答，然后搭上车。

同学们议论纷纷："一定是个哑的。"

当年有部叫《哑女情深》的电影，是琼瑶小说改编的，大家都说哑女好呀，不啰唆，样子好看就是。

一天，下大雪，我只穿了一件单薄的雨衣。也不是穷得买不起厚大褛，年轻吧，不在意。

阿关迎面而来，从她的眼神中看得出她的关怀，做一个"不冷吗"的表情。

"我们去喝杯茶吧。"这句话我顺口说了出来。

阿关点点头，指我的手，我张开，她又用原子笔写"池袋西武百货，三号电梯，六点"。

依时赴约，不见人。

电梯门打开，第一次听到阿关说话："欢迎光临，地下食品部，一楼化妆品、皮包、首饰，二楼妇人服、各国名牌，三楼绅士服，四楼家庭用品，五楼文具、书籍，六楼园艺工具、插花艺术，七楼餐厅、吃茶室，屋顶儿童游戏。本店一周营业六日，星期三休息，早上十点开店，晚上六点闭店。"

一口气，阿关把上述句子完全说完，没有停顿过，语言速度之快，是惊人的。

没有其他人，我走进电梯。关了门之后阿关一面开电梯，一面不断解释百货店内的设施。我为她感到职业病的悲哀，一把抱住："不要说了。"

阿关才顿然停下，向我笑了一笑，在我耳边说："请等，就快下班了。"

喝了茶，吃餐饭，就带了她回到住的绿屋，放出红色毛线衣。跟着拉手、接吻、抚摸，一切都那么自然地发展下去。

也不是特别地开放，那个年代。只是还有纯真，没那么多戒心，也知道大家要的是什么，为何造作？

日本人的公寓，再小，壁中也有一个储放蒲团（futon）的格子。在紧要关头，阿关拉着我挤进去做。我觉得古怪，但在那一刻有什么不肯的？

"地方小，有安全感。"她说。

往后交往多了，发现阿关还是不太开口说话，但人较以前开朗。我们在绿屋开大食会时，切菜洗碗的工作她都自告奋勇，忙得团团乱转。

看她可怜："坐下休息一会儿吧。"

"站惯，不累。"她若无其事地说。

在电梯里一天站八小时，当然不累。

绿屋人住得多，待了一会儿她就回家了，没有过夜。

"我们去箱根旅行吧。"我说。

她高兴得拍掌。

"这次不必躲进蒲团格子里面吧？"到了温泉旅馆，我开玩笑地问。

她摇头，但还是不肯在房间中进行，要我进浴室中，还是那么一句老话："地方小，有安全感。"

只听过有封闭恐怖症，不知道还有人怕大空间的。为什么阿关喜欢被关，她没说过，我也没问。

睡到半夜，给声音吵醒，是阿关在说梦话："欢迎光临，地下食品部，一楼化妆品、皮包、首饰，二楼妇人服、各国名牌，三楼绅士服 ……"

我紧紧抱着她："没事的，没事的。"

阿关的声音渐小，喃喃之中再呼呼入睡。

后来，两人也没吵过架，就那么分开。记忆之中我们从来不争论，反正她的话不多，自然而然疏远罢了，各自有男友和女友。

多年后，在东京到纽约的日航机上，空中小姐的皮肤洁白，脸好熟，不是阿关是谁？

阿关也没有特别前来打招呼，我想算了，认什么亲呢？

深夜，大家睡了，香槟喝多，上洗手间。

门还没关上，阿关已经挤了进来。

"要快一点。"她说完即刻拉下底裤。

"还是那么喜欢小的地方？"我笑了出来。

阿关也笑："我不是说过有安全感吗？"

那群酒女

　　绿屋左边的那间公寓，租给了一对夫妇，男的在一间大公司上班，职位不高，可能因为他本人有点口吃的毛病，女的出来当妈妈生，帮补家计。

　　住在大久保那一区的女人，多数是所谓的水商，卖 Mizu Shyobei，做酒吧或餐厅生意的意思。到了傍晚路上一辆辆的士，乘的都是这些女的，一人一辆，穿了和服不方便搭电车之故，赶到新宿去开工。有时遇上红灯，走过就看看的士上的女人漂不漂亮，她们也偶尔向我们打打招呼，对本身的行业并不感羞耻。工作嘛，不偷不借。

　　做学生没有钱泡酒吧，认识她们是经过我们的邻居介绍。日本酒吧很早打烊，十一点多客人赶火车回家，再迟了就要乘的士，路途遥远，车费不菲。隔壁的妈妈生收工回家，酒兴大作，便把我们请去她的公寓，再大喝一轮。

喝得疏狂，又打电话叫其他酒女，七八个女人挤在小客厅中，好不热闹。她丈夫也绝不介意，笑嘻嘻地拿出许多下酒的食物出来，好像在慰问辛苦了一个晚上的太太。

初学日语，甚受这群女人影响，在每一句话的尾部加了一个Wa。这是女人才用的日语，常被耻笑，后来才更正过来。

被人请得多，不好意思，自己也做些菜拿过去。卤的一大锅猪脚吃完，剩下的汁拿到窗外，下雪，即刻结成冻，将锅底的冻用刀割成一块块，放在碟中拿给那些女人下酒，当然要比鱿鱼丝或花生米好吃得多。她们大赞我们的厨艺，送上来的吻，弄得满脸猪油。

每个女人喝醉了都有个别的习惯，有一个平时不太出声的，忽然变得英语十分流利，抓着我们话家常。另一个比较讨厌的哭个不停。有的拼命拔自己的腿毛，满腿是血。好几名爱脱衣服，比较受我们的欢迎。

离乡背井，我们都把自己当成浪迹江湖的浪子，而这些欢场女子，正如古龙所说，都有点侠气，不工作时对普通男人眼神有点轻蔑，但对我们则像小弟弟，搂搂抱抱。有时乘机一摸，对方说要死了，想干你姐姐？

血气方刚，摸多了就常到绿屋，挂起红色毛线衣，大战三百回合。完事后大家抽根烟，就像打了一场乒乓球，出身汗，互相没有情感的牵挂。

发薪水的那天轮流请我们到工作的地方喝酒。新宿歌舞伎町附近酒吧林立，一块块的小招牌用望远镜头拍摄，好像叠在一起。有的很小，只有四五张桌子；有大型的，至少有三四十女子上班。

当年的酒吧，酒女绝对没有被客人"就地正法"那么一回事儿，要经过一番追求，也不一定肯，还有一丁丁的谈恋爱的浪漫。

每个酒女大概拥有七八名熟客，火山孝子一两个星期来一次，十几个酒女加起来就有稳定的生意可做。熟客多了，旁的酒吧就来叫她们跳槽，一级级升上去，最后由新宿转到银座上班，是最高的荣誉。

熟客来得次数多，就应酬一下，否则追那么久还不到手，只有放弃。

并非每个女的都长得漂亮，起初在客人身边坐下，没什么感觉，但老酒灌下，就愈看愈美。加上这群女人多好学不倦，什么世界大事、地产股票等都由电视和报纸杂志看来，话题自然比家中的黄脸婆多。还有那份要命的柔顺，是很多客人渴望的。

机构中都有些小账可开，这些所谓的交际费是能扣税的，这是刺激贸易聪明绝顶的做法。日本商家的高级职员如果到了月底，连一张餐厅或酒吧的收据都不呈上，便证明这一个月偷懒。因此，整个饮食和酒水事业的巨轮运转，养了不少人，包括我们这群酒女朋友。

日久生情。有个叫茉莉子的已在银座上班，赚个满钵，一身名牌。有天她告诉我就快搬离大久保，住进四谷的高级公寓去，上班方便一点嘛。

"我们不如结婚吧。"她提出。

"什么？"我说。

"你也不必再念什么书了。"她抱着我，"留下来，一切由我来负担。"

现在学会做人，当然懂得感谢她的好意，当年年轻气盛，要女人来养，说些什么鬼话？一脚把她踢开。

事隔数十年，就那么巧，在京都的商店街遇见她，开了一间卖文具的店，还算有点品位。

"秀子，你快来，这就是我常向你提起的蔡先生。"她把女儿叫来，秀子客气地向我鞠了一个躬，又忙着去招呼客人。

"我的外孙已经六岁了。"茉莉子骄傲地说。

"先生也在店里做事？"我找不到其他话题。

"没用，被我踢走了。"她幽幽地望了我一眼，"像当年你踢走我一样。"

我只有苦笑。

"有时在电视《料理的铁人》看到你当评判，你一点也没变。"她说。

我希望我也能向她说同一句话。她眼镜的反映中，有个白发斑斑的老头，大家扯平。

做学生时当然没钱叫艺伎，她们只存在于小说和电影之中，没想到能够接触。

后来从香港来了一位世伯，有点钱，因语言不通，要我陪着他去箱根浸温泉。这种享受对我们来说也很难得，乐意前往。

新宿车站西。有一列私营的火车，叫"罗曼斯号"，座位透明，可以一面看风景一面吃便当，直通箱根，两小时之内抵达，至今还在运行。

泡完温泉换上夕方，坐在靠窗的沙发上喝啤酒。这间旅馆之前和家父来过，父子俩对着青山，每个时段树叶的颜色都起变化，非常幽美。

"叫几个艺伎来吧。"世伯当年也不过四十岁出头，还是有劲的。

"很贵。"我说。

他拍胸口："我请客，别担心钱的事。"

我还是不肯，要了一名。

旅馆餐是在房间内吃的，侍女搬进丰富的食物，正要倒酒时听到一个声音："由我来吧。"

走进一个身穿和服的中年艺伎，样貌普通。世伯对她好像一见钟情，两人对饮起来，又抱又吻，旁若无人。

"小朋友，叫多一个来陪你？"艺伎问。

我还是说不好，但艺伎坚持："她不在这里工作的，是我旧老板的女儿，来箱根度假。"

说完不管三七二十一，拉来个女的，穿普通衣服，没化妆，看起来顺眼。坐在我身边，为我倾酒点烟，手法纯熟。

我指着那艺伎："她说你不是这一行的，怎么学会招呼客人？"

艺伎听到了说："她是置屋之娘，也受过训练。"

置屋，Okiya。是安排艺伎生意的地方，今日用语，是艺伎公司。娘，Ojosan，老板的女儿的意思。

一杯复一杯，她们两人站起来，拿着扇子跳我们不懂欣赏的日本舞，又叫旅馆搬出乐器，一个打鼓，一个弹三味弦，是有点学问。

醉后，她在我身边说："今晚把我留下吧。"

"我只是一个学生。"言下之意，付不起。

"是你陪我，不是我陪你。"她细语。

一早，我们赶火车回东京。艺伎没来，置屋之娘送到车站，化好妆，样子更好看，把电话号码塞在我手上。

之后经常联络，她来绿屋，我把红色毛线衣挂出来。

"我介绍我最好的朋友给你认识。"有一次她说。

吃茶店里出现的是一位美女，身材较为高大。

"她是个冲绳岛人。"她说。

"冲绳女人得罪了你们日本女人啦?"冲绳艺伎听到她的语气中有点轻蔑，冲口而出。

"我不是这个意思。"置屋之娘为平息冲绳艺伎，我听到她说，"好姐姐，你也没有试过和中国人做的呀，今晚我请他和你来一下。"

"你真坏。"冲绳艺伎撒娇。

又带到绿屋，挂出红色毛线衣。

之后一个又一个。艺伎不能随便和客人睡觉，但大家年轻，都有压抑不住的本能，置屋之娘安排她们来找我。

下雪。过年。

电话响，是她的声音："我爸爸妈妈到夏威夷去晒太阳，明晚你到我们的置屋来吧，大家都等你。"

"不必上班吗?"我问。

"除夕客人都在家陪儿女看红白合唱大战，哪会出来叫艺伎?"她说。

从新宿坐火车到御茶之水，再走路到神乐町去。神乐町的料亭最多，自古以来是艺伎的集中地。置屋是间木造的旧式房子，两层楼。

大厅中间生了炭火，由天井挂下一个铁锅，煮了一大锅海鲜。众女人开了一公斤一瓶的清酒，也不烫热，就那么传来传去吹喇叭喝，一瓶又一瓶，榻榻米上躺着不少酒的尸体。

冲绳艺伎一身传统冲绳服装走下来，这是平时不准穿的，今晚她特别自傲，拿了三味弦独奏。冲绳的三味弦节奏强烈，和日本柔和的风格不同，铮铮有声，听得我入神。置屋之娘不服输，也拿出三味弦来，弹出节奏更强烈的曲子，两人愈弹愈疯狂，后来把弦扔开，打起架来。

女人打架比较好看，不拳来脚往鼻青脸肿，而是互相撕头发和衣服，扯得长发披散，袒胸露背。

冲绳艺伎凶猛，压得置屋之娘呼吸不了时，我大叫一声："冲绳岛名胜有个横匾，写着礼仪之邦！"

一下子停了手。各女人又吹喇叭去了。

"我不知道日本的三味弦也可以那么剧烈的。"我说。

"那是一个叫轻津的地方的演奏方法。"

"你怎么学会的？"

"我本性刚烈，很喜欢。"

"刚烈的女人占有欲强，你怎肯把我分给其他人？"

置屋之娘紧紧抱着我："置屋的责任，就是替人安排的嘛。"

去澳门谈点公事，乘机到艺术博物馆去看"乾隆展"和"明清家具展"。

澳门艺术博物馆就开在东方文华酒店后面的新口岸冼星海大马路上，地方很容易找到。整个澳门不大，但这座艺术中心可不小。

乾隆的珍藏是北京故宫提供的，收藏虽不比台北故宫精，也非常值得一看，尤其是那张在画中出现过的鹿角座椅，真的东西还是第一次看到。

中间也有许多玉玺。一向反对乾隆把他的豆腐印印在古字画上，破坏原来的构图。玉玺的雕工匠气也很重。

有趣的是乾隆手写的《心经》，可以看到他深受王羲之的影响。乾隆的"无"字写得很刻意，每一个都要求不同的写法，其实《心经》中那么多"无"，变也变不到哪里去。他的其他书法，我并不欣赏。乾隆看了那么多书家的真迹，还是写不出好字来，应该打屁股。

"南阳叶氏攻玉山房"藏的明清家具，令人叹为观止，各种椅桌箱柜和摆设每种抽出一两样精品展出，已看得目不暇接，加上"嘉士堂"提供的明式家具制作的材料和方法，让初走入家具世界的朋友明白它们的构造，看了更是得益。当年不用一钉，也能拼出那么精美耐久的家具，是力学和几何学的智慧巅峰，外国人看了无一不折服。

叶氏的家具收藏，世界级博物馆也不及。开幕那天有八十八位香港藏家和艺术爱好者专程前往参观，他们多数是收藏字画、玉器、陶瓷等的顶尖人物，令人感叹香港的藏龙卧虎。

博物馆能办得那么好，也与馆长吴卫鸣有关。他年纪轻轻，已那么有魄力，主办了许多展览，比香港活跃。

看完返回东方文华酒店，房间不及 Westin 的舒服宽大和簇新，但胜在地点方便，是我喜欢的酒店之一。老旅馆都有一股味道，并非臭，只是独特，每家酒店都不同，如果你旅行多了，就明白我说些什么。

前一个晚上把颈项睡歪了，还是找人按摩一下，又跑去了"大班"芬兰浴室，物理治疗师把我医好，又擦背擦得干干净净，走出大堂吃消夜。

来到澳门，当然是吃面。澳门的面，很神奇，做得比香港的面好吃。要了一碟虾仔捞面，再来鱼皮饺。经理说云吞也做得不错，又来一碗。见菜单上有荷包蛋和午餐肉，贪心地要了，那么多配菜下面，一开头就把捞面吃得光光，最后又添了一碟才肯回酒店睡觉。

乘翌日的十点钟那班船回香港。一早醒来，看表还有很多时间，就坐的士前往大马路，想在卖土产的那条街走走，但一想家里还有很多没吃完的蜜饯和糕点，也就作罢，吃个早餐上路吧。

"有没有面档？"我问司机。

那老兄回答："那么早哪里去找？要吃粥倒有。"

巷子里的"大三元"卖粥，早上七点开到十一点，晚上又由七点开到十一点，正宗的七十一，我知道。但还是一心一意地想吃面。我这个人从不喜答案只有一个"不"字，你说没有，我偏要去找找看。菜市附近总有熟食档，卖面也不出奇呀。

在大马路的菜市附近下车，经过几条小巷，看见巷中还有多家菜档，菜市场已新建好了，为什么不搬到那里去？我有个疑问。

一早小巷烟雾朦胧，是一幅幅的沙龙作品，外国人看了一定举起相机，我这个早起的人就不感到稀奇了。走进赵家巷，见二十六号有家叫"池记"的，不是面店是什么？可惜还没开。

新街市一共有九层楼，底层卖鱼，看到有鲈鱼，有五英尺长，还是活的。那么大的鲈鱼不可能是养殖的，一定很鲜甜，带不回香港，也没法子。二楼卖蔬菜，三楼卖肉，四楼是熟食档。哈哈，"池记"也在这里开了一档，正在营业，即刻叫了捞面。

伙计问我要什么，我点了牛心和牛腰，这两种配料香港也少。

再去隔壁档要一杯浓茶，不要糖不要奶，别名"飞沙走石"。见有一个药壶，汽喷出来，是咖啡味，原来传统的澳门咖啡，都是用药壶煲出来的，这是其他地方见不到的特色。

邻座有一对老夫妇，也是一早出来散步，买菜后上来喝杯茶，我替他们付了，三人才十五块澳门币，每杯五元。搭讪起来，知道先生姓高，也是香港人，搬到这里已有十几年了。

"有三十万就能买到一间香港百多万的房子。"高先生说，"澳门节奏慢，可以活多几年。"

我也同意，可惜做不到。

"有了新街市，为什么还在巷子里卖菜？"我问。

"哦。"高先生说，"新街市很多层，要乘扶手电梯，老太太们嫌太高，又乘不惯电梯，不肯上来买，巷里的摊档才生存下来。"

有了答案，很满意。肚子又饱饱的，面又要了两碟，吃得差点由双耳流出来。这种感觉真好，有空应该多来澳门几趟。

Gilbey A

"银座有几千间的酒吧，你去哪一间？"

这次农历新年旅行团，最后一个晚上吃完饭后目送团友回房睡觉，我独自走到帝国酒店附近的"Gilbey A"去。

主要是想见这间酒吧的妈妈生有马秀子。有马秀子，已经一百岁了。

银座木造的酒吧，也只剩下这么一间了吧？不起眼的大门一打开，里面还是满座的。日本经济泡沫一爆已经十几年，银座的小酒吧有几个客人已算是幸运的，哪来的那么热烘烘的气氛？

这间酒吧以前来过，那么多的客人要一一记住是不可能的事，她开酒吧已经五十年，见证了明治、大正、昭和、平成四个时代的历史。

衣着还是那么端庄，略戴首饰，头发灰白但齐整，有马秀子坐在柜台旁边，看见我，站起来，深深鞠躬，说声欢迎。

几位年轻的酒女周旋在客人之间。

"客人有些是慕名而来,但也不能让他们净对着我这个老太婆呀!"有马秀子微笑。

说是一百岁,样子和那对金婆婆银婆婆不同,看起来最多是七八十岁,笑起来给人一种很亲切的感觉。

坐在我旁边的中年男子忽然问:"你不是《料理的铁人》那位评判吗?"

我点头不答。

"他还是电影监制。"这个人向年轻的酒女说。

"我也是个演员,姓芥川。"那女的自我介绍,听到我是干电影的,兴趣起来,坐下来问长问短。

"那么多客人,她不去陪陪,老坐在这里,行吗?"我有点不好意思。

"店里的女孩子,喜欢做什么就什么。"有马秀子回答,"我从来不指使她们,只教她们做女人。"

"做女人?"我问。

"唔。"有马秀子说,"做女人先要有礼貌,这是最基本的。有礼貌,温柔就跟着来。现在的人很多不懂。像说一句谢谢,也要发自内心,对方一定感觉得到。我在这里五十年,送每一个客人出去时都说一声谢谢,银座那么多间酒吧不去,单单选我这一家,不说谢谢怎对得起人!你说是不是?"

我赞同。

"我自己知道我也不是一个什么美人胚子。"她说，"招呼客人全靠这份诚意，诚意是用不尽的法宝。"

有马秀子生于一九〇二年五月十五日，到了二〇〇二年五月十五日满一百岁。许多杂志和电视台都争着访问，她成为银座的一座里程碑。

从来不买人寿保险的有马秀子，赚的钱有得吃有得穿就是。丧礼的费用倒是担心的，但她有那么多的客人，不必忧愁的吧？每天还是那么健康地上班下班。对于健康，她说过："太过注重自己的健康，就是不健康。"

那个认出我的客人前来纠缠，有马秀子看在眼里："你不是已经埋了单的吗？"

这句话有无限的权威，那人即刻道歉走人。

"不要紧，都是熟客，他今晚喝得多了，对身体不好，是应该叫他早点回家的。"有马秀子说。

我有一百个问题想问她，像她一生吃过的东西什么最难忘，像她年轻时罗曼史是什么，像她对死亡的看法如何，像她怎么面对孤独等等。

"我要问的，您大概已经回答过几百遍了。"我说，"今天晚上，您想讲些什么给我听，我就听。不想说，就让我们一起喝酒吧。"

她微笑，望着客人已走的几张空桌："远藤冈作最喜欢那张椅子，常和柴田练三郎争着坐。吉行淳之介来我这里时还很年轻，我最尊敬的是谷崎润一郎。"

看见我在把玩印着店名的火柴盒，她说："Gilbey 名字来自英国占酒的牌子，那个 A 字代表了我的姓 Arima。店名是我先生取的，他在一九六一年脑出血过世了。"

"妈妈从没想过再结婚，有一段故事。"酒女中有位来自大连，用国语告诉我。

有马秀子好像听懂了，笑着说："也不是没有人追求过，其中一位客人很英俊，有身家又懂礼貌，他也问过我为什么不再结婚？我告诉他我从来没有遇到一个像我先生么值得尊敬的人，事情就散了。"

已经到了打烊的时候，有马秀子送到我出门口，望着天上："很久之前我读过一篇文章，说南太平洋小岛上的住民相信人死后会变成星星，从此我最爱看星。看星星的时候，我一直在想，我先生是哪一颗呢？我自己死后又是哪一颗呢？人一走什么都放下，还想那么多干什么？你说好不好笑？"

我不作声。

有马秀子深深鞠躬，说声谢谢。

下次去东京，希望再见到她。如果不在，我会望向天空寻找。

　　蔡澜版《心灵鸡汤》的第一句，是叫你把那本原来的《心灵鸡汤》扔掉。

　　阿妈是女人的道理，谁都知道，三岁小孩也可以著书，听那么多理所当然的说教干什么？

　　中国人说冥冥之中，自有安排。最初鬼佬还笑我们迷信，现在他们发现一切都是遗传基因作祟，要得癌症自然会得癌症，逃也逃不了的。

　　所以蔡澜版的第二句，是放松吧！没有什么大不了的，船到桥头自然直。笑一笑。

　　"负了资产怎么笑得出？"

　　年轻时负资产，好过老了才负资产，你说是不是？

　　而且，负资产不是一种罪，又不会被判死刑。

　　"阿Q精神！"友人大骂。

什么叫阿 Q 精神？你们还没有弄懂。蔡澜精神，是将想法一变，就能大事化小事，和自我安慰不同，并不消极。

香港经济再衰退，怎么也比不上六十年代那么穷困、那么差。你们的父母都活了过来，你承认比他们笨吗？

"你现在已经上岸了，可以说风凉话。"友人又骂。

我父亲留下一大堆钱给我吗？年轻时谁不经过一番挣扎呢？我现在看起来风光，你知道我的脚，像鸭子在水底划吗？

你们是听不进去的。蔡澜版的第三句，是永远不和年轻人吵架。

反正我们说什么你都不会听，费事和你们争辩！做父母的也不必苦口婆心，最多是用激将法，倪匡兄说："好的儿女教不坏，坏的教不好。"

年轻人反叛，听了自然不服。不服你做给我看看，认明你是好的，倪震老弟就是一个例子。

"我失恋了，怎么办？"年轻人哭了出来。

唉，爱得要生要死，我们都经历过。当年说没有了你我活不了。如今还不是过得好好的？

失恋是一件很刺激的事。把心情写下来，当成一支歌来唱。出 CD，还能赚钱呢！

"我睡不着呀！"年轻人大吵。

今晚睡不着，就别睡，明晚睡不着，也别睡，到了第三个晚上，包你睡得像一头猪。

"我吃不下呀!"

就别吃。三餐不吃,等到半夜爬起来打开冰箱,包你吃得像一头猪。

"我吃得太胖,怎么减肥?"

就别吃呀!倪匡兄说德国集中营中看不到胖子。

不要忘记你发胖,也是遗传基因。

"我不想活了!"年轻人宣布。

跳楼会砸死别人,脑袋裂了也很脏。跳海会身体浮肿,给鱼咬烂。还是去跳痰桶吧。烧炭最佳,不过面孔和身体都发青发紫,难看极了,失礼死人。

人的生命力很强,一个世伯给日本鬼子关在牢里,七天七夜一滴水也没喝,还是活着。除非你天生是那种扭扭捏捏的个性,什么事都不对,这种人是命中注定要死的。反正当今世界人口暴涨,不可惜。不过,你心甘情愿吗?你没有想到和命运搏一搏吗?活着,才有机会享受船到桥头自然直呀!

什么防止自杀协会都没用的,不如改为美食协会,好东西一试过,就不会想到死。

"我有剪不断、理还乱的烦恼!"

一切烦恼,都产生于想鱼和熊掌两者兼得。放弃一样,烦恼尽失!

"我的儿女不孝呀!"老年人也有他们的苦衷。

没办法的,当今。只有在他们也有儿女的时候,自然得到报应，以后。

"吃鸡有禽流感，吃牛有疯牛病，吃菜有农药，吃豆腐尿酸过多，怎么办？"

怕这个，怕那个，心里就有病；心里有病，肉体不能幸免。还是有什么吃什么。

"要不要到健身房去？"

不如做爱，连脚趾公都运动了。

我在电视上看到一个两度游过维多利亚海峡的冠军接受访问，当今他是胖子一个。

中年人有个肚腩，绝对正常。

运动做多了，变成运动的奴隶。你要做人家的奴隶？

"我长得丑，嫁不出去。"

美女才担心嫁不出去，何时轮到你？

"我的老婆不了解我。"

亦舒说过结婚像加入了黑社会，有苦自己知。这句话说给自己听好了，说给情妇听，会被笑老土。

外国电影的盗版，在内地还是那么猖狂。

几块到十几块人民币一张，各类新片齐全。旧一点的也要十几块，那是一斤的价钱。

观众真幸福，要看什么就有什么，而且没经电检处删减。刚刚在世界各国上映，就出了所谓的人头版，那是在影院偷拍的，听到观众笑声和咳嗽，也有人在镜头前走来走去，当然质量很差。

再好一点的是把整个拷贝偷去私家放映，拿着摄影机对着银幕拍摄的，多数来自东南亚，因为可以看到泰文字幕。也有画面更清楚的，是直接由录像带或光盘翻过来，银幕上还出现："这是某某公司的财产，供奥斯卡金像奖委员会会员评审用。"

质量最高的盗版是所谓的"D9"版本了，直接由外国出版的 DVD 翻过来；当今还有"双 D9"出现，那是在制作花絮上也加了中文字幕的。

问题就出在这些字幕上，翻译的人没有剧本可以参照，完全靠听，当然他们不是什么联合国翻译人才，愿意被盗版商请来的人也好不到哪里去。阿猫阿狗有得交差就是，有时盗版商抓不到人，叫家里的小儿子上场。

这些人对画面，看到有英文字幕"1941"，正确地写了"一九四一"，除此之外，皆一塌糊涂。

当男女主角一对话，译者听不懂就乱作对白，有时追不上就干脆不翻，人家讲了老半天，他们来一句："你去死吧！"

如果认真去翻，需花时间，也许要遭盗版商毒打。这是天下最有效率的一种行业，从设计封套、加字幕、印盗版光盘到发行到各省的商店里，不超出一星期，多厉害！

不看中文字，看英文字幕好了。哈哈，原来英文字幕也是那个嘴边无毛的家伙写的，女主角来纠缠，男的说："Don't bother me，don't bother me！"竟然会变成"brother"。一个字母之差的"别烦我"成了"不要兄弟我，不要兄弟我"。

好好的人也要看坏头脑，所以内地近来没有出现过一个像样的新导演来。

性子怎么急，也千万别买内地盗版碟，就算封套印刷精美，写明是"双D9"，十几块一张的版本，看到一半，画面急然出现了格子，喇叭发出啪的一声巨响，停顿了，你大叫："怎么搞的？"

咦，又乖乖地听话了，继续看下去，但又啪的一声停住，这时你再强忍不住，拿了遥控器，什么键都乱按，还是按不出一个道理。

好了，好了，请别作怪吧！让我把这部片子看完吧！你祈祷，果然有效，但只能再看两三场戏，在坏人拿机关枪向好人扫射的动作片中，或者在男主角拿机关枪向女人扫射的黄色电影里，在最紧张的关头画面完全静止，你永远看不到结局。

性子急的人，爆了血管。

盗版光盘店的老板总是笑盈盈地说："相信我好了，我们店里的货最有信用！"

最有信用？有信用的人卖盗版？

"一定没有问题，不相信我放给你看看！"说后把碟子放进机器里，出现了清晰无比的画面，但那是片子的开始，不是紧张关头。

"如果有毛病，拿来换好了！"老板说。香港人在内地买了盗版，有毛病还会老远地拿去换吗？

走进内地的所谓正版光盘店，各种电影都能买到，连最冷门的印度片也登场。革命后娱乐少，买了很多苏联片和印度片，当今都齐全地摆在店里。大师经典，如卓别林、希区柯克、哥普拉、库布里克的全集，一套套卖得很便宜，不叫盗版，叫引进版，不正式地正式了。

每一家店俨然一个小型的电影资料馆，电影学生有福了，不像当年那么封闭。想想也是有好处的，台湾就是因为度过了一个盗版书时代，读书之人用可以负担的价钱得到知识，才进入一个高科技的社会，大家有了钱，就不必再盗版了。

只希望内地观众别再看字幕，这一来同时可以学到英语，也不会辜负电影大师。

盗版问题不是一朝一夕可以解决的，杀头生意只要有利益就有人干，暂时杜绝不了。

张艺谋的《英雄》，上映前严格保护拷贝，把光盘版权卖给正当商人，合同上写明片子下线后才能贩卖。

电影院一放，即有人拿摄影机偷拍，人头版出现。买了版权的人眼看自己的市场一块块地被分割，怎么收回成本？马上推出，但碍于合同，怎么办？豁了出去，不管三七二十一，卖了才算。

访问光盘商时，他们做了一个比喻："这像我坐在汽车上，一个小偷跑来抢去我的荷包，我当然驾车追他呀！这时，我遇到交通灯，但小偷继续跑，你说我应该守法停下来给犯人跑掉，还是犯法冲红灯去追他呢？"

过大礼

助手徐燕华，是老友徐胜鹤的女儿，从小看到她大，婴儿时拍的一张照片，前额头发翘起一束，记忆犹新，想不到她就快要嫁人了。

男的叫梁锦明，从前在无线电视当导演，专攻综艺节目，当今已独立，组织制作公司，接了很多单生意做。如郑秀文和郭富城的演唱会，都由他制作。

说起他们的婚姻，我也是半个媒人。当年拍《蔡澜叹世界》那个旅行节目，有很多集是梁锦明当导演。他工作卖力，交足货，我对这小伙子蛮欣赏。后来拍到日本，刚好徐燕华在东京留学，就叫她出来做翻译，两人拍摄时期耳鬓厮磨，结成情侣。

一天，徐燕华说对方要来"过大礼"。

"什么？"我从没听过什么叫过大礼的。解释后才知这是广东人的习俗，下聘的意思。

约好了当天在女家九龙塘的住宅收礼物，我早上十一点钟准时到达，见梁锦明驾了一辆面包车在门口等待。

"还不上去？"我问。

"男的不能亲自到女家，要找兄弟代送。"他说，"莲姨是这么吩咐的。"

车上走下梁锦明的死党——当资料搜索的练瑞祥和导演谢志超，两人都是在无线时期的同事。只见他们从车上大包小包地把东西扛下来。

我先进门，家里已摆着些礼品，是莲姨一手经办的。徐家有四位家政助理，都是中国人。莲姨带大燕华，她的记忆力特强，有关婚嫁和风水及一切拜神祭祖事，都记得清清楚楚，所以都向她请教，这回男方要送些什么礼，也是听她的。

"莲姨你真厉害。"我说。

"没什么。"她若无其事地说，"我自己结婚也见过，替儿子女儿娶妻嫁人就照样做了。"

好奇看看有什么，乖乖不得了，分男用及女用。前者有椰子，代表成功的开始，椰子连皮连壳两粒，有些人说是象征男人的睾丸，好家伙，要是有两粒那么大的，可打破吉尼斯世界纪录了。

另有槟榔、柚叶、黄皮等，取儿孙有好事业的兆头，扁柏也是；青篓等取福慧双修，衣食无忧之意。

女用者则有礼藕，其实只是普通藕，但寓意家安宅吉、佳偶天成；石榴则取其多子之意。

最奇怪的是一枝延延尖尖的芋苗，这是代表男方的生殖器。送礼的练瑞祥笑着说："一路来新郎最紧张这根东西，叫我们千万别折断它。"

其他礼物数之不清，计有海味八式，发菜不算在其中：鲍鱼、蚝豉、干瑶柱、冬菇、鱿鱼、海参、鱼翅、鱼肚。龙眼干、荔枝干、合桃干、连壳花生，俗称四京果。

还有茶叶和芝麻。别以为太麻烦，旧时不只茶叶那么简单，还要送整棵茶树，现在城市中哪来茶树？而且茶树不能移植，故以茶叶代之，祝愿不移之情，亦寄寓一经缔结婚约，女子便要守信不渝，绝无反悔。

俗称为"礼全盒"的内放莲子、百合、红豆、绿豆、红枣，还有红绳头、利是、聘金、饰金等。男方更要预备龙凤烛一对及对联一副。

说起对联，幸好没有叫我写，不然不知写些什么，我自己又没嫁女经验，要找书本来抄，可是烦事。

我最初以为过大礼送个饼算数，原来它是最不重要的一环，但分量不可少。饼分皮蛋酥、合桃酥、鸡蛋糕、红绫、黄绫、豆沙酥六种（后来发现皮蛋酥是最好吃的）。这些饼加起来要一百斤，平均每斤四个，总共四百个。四百个饼送人都送到手软，莫说自己吃了。

练瑞祥和谢志超这两个小子从楼下搬运到二楼，好在有电梯和一辆小搬运车，但也满头大汗矣。

礼品——被岳父大人徐胜鹤领收，他也是第一次嫁女，不知道是否全数送到，由莲姨在旁代为监视。虽是送来那么多东西，要回一半给男家，那两个人又得搬回去。

聘金方面，侥幸不必回一半，只回个尾数，像多少万八千八百八十八，只回八千八百八十八就行。岳父大人笑着说："养了一个女儿那么多年，收之无愧。"

礼成。

之后男女各方将礼饼拜神祭祖先。

见练瑞祥和谢志超两个兄弟忙个半天，我叫他们坐下休息，岳父大人也各自奉送红包一封，以表谢意。他们两人道谢收下。

"你结婚了没有？"我问练瑞祥。

"还没呢。"他回答。

"你呢？"我问谢志超。

"也还没有。"他说。

"看了这个局面，还敢不敢？"我问。

两人咋舌摇头。

天下太平

在香港，每天看报纸听新闻，都是多少个送院，死人一天比一天多，弄得人意志消沉。

想出去，周围的国家不欢迎港客，老遭白眼，何必呢？连印度航空公司的机师也说不肯来港。歧视别人那么久，这次被唱衰，也没话说了。

这一生经历了不少，学到随遇而安，病毒并不可怕，留在香港虽是坐以待毙，但又奈我如何？不过这是一个很不愉快的被困的感觉。

友人送太太和三位小女儿去东京，听说那边过关不麻烦，就动了到日本玩几天的念头，打电话给卖神户牛肉的蕨野，这个人最懂得吃。

"你在日本还有什么地方没去过的？"我问。

"多呢。"他说。

"你安排，我后天来，一起旅行。"我说。

想起查先生和太太也说过要到日本，我打电话问要不要一块儿去。查先生考虑了一晚，翌日说不如到墨尔本。去哪里都好，别闷下去就是，回绝了蕨野。我的澳大利亚签证还没过期，当晚深夜出发。

整个机场冷冷清清。本来这是复活节前夕，应该人山人海的，但现在弄得像个死城。

国泰办登机手续的柜台前面，圈了一个圈，医务人员用钻耳的体温计量一量体温，还好，没超过界限，才放我进去，哪管机器是否准确，实在令人怀疑。

整个前面的机舱只有我们几个人，也不用戴口罩了，坐下来之后就呼呼大睡，去墨尔本这班机最舒服，一觉到天明，不觉时差。

听到广播："贵客之中如有不适，请向机舱服务员说明，有些伤风并非非典型肺炎。"

派给我们的纸张，只是普通的入境表，没有特别的医务报告，照填了。

空中小姐和我聊天："我们看到有客人发烧或咳嗽，也有义务打报告。"

听了咋舌，我一向早上起身有打几个喷嚏的习惯。

顺利过了关，走进没东西申报的绿色闸口，海关的一个胖女人叫我把行李放进 X 光机。我旅行惯了，一定不会放什么有问题的东西在箱子里，但也被她叫住，要检查行李。

心安理得打开给她看，她拿出一样，说："这是违法的。"

"什么？"我自己反而奇怪起来。

原来她检出的是我带来的那二十五支 Cohiba 雪茄。

"木头！"她说。

雪茄当然装在木盒中，而木制的东西是要申报的，这一点我万万没想到，要是被没收的话，白白损失好几千块钱，加上罚款，更是不值。

墨尔本到底是一个文化都市，人也通情达理。

"算了，"海关的大肥婆说，"下次小心。"

出来，是午饭时间，直奔维多利亚街的越南城，到"勇记"去吃一碗牛肉河。

看到店外贴了一份我为他们写的文章，放大了，当作广告，也就放心，不会找不到位子坐。

查先生和太太各要一碗小的，我很贪心，要了五样配料：生牛肉、熟牛腩、牛肉丸、牛百叶，还有一种叫牛膏的，那是一片片的黄颜色的肥肉。吃得饱得不能动弹。

听人家说老板娘已不来店里，水平差得多了，完全是胡言乱语，"勇记"的牛肉河，还是天下第一。向没试过的人解释，他们根本不懂。

晚上，去"万寿宫"，老板刘先生在门口欢迎。拿出我爱喝的威士忌，放在桌旁，另有冰桶和苏打水，伙计一下子开了，给他讲了几声，说苏打水要慢慢开，汽才不会一下子冲出来。一切布置好了，他向我说："这是你私人酒吧，你自己动手。"

经理走过来，奉上浓得像墨汁的普洱茶："蔡先生，你喜欢的。"

已经有几年没来，一切习惯，记得清清楚楚，这就是"万寿宫"了。

"听说你把股份卖掉了？"我问刘先生，要从他口中证实有没有这一回事。

刘先生点点头："卖给了店里的伙计，他们跟了我这么多年，也应该管得好，我也做了那么多年，是时候休息一下了。"

没有了刘先生的"万寿宫"，已不是"万寿宫"。

他似乎看出我想些什么，笑说："我还是一个顾问。反正在家闲着，复活节假这几天由我来替他们，有些客人看到我，还说我比从前更卖力呢。"

在他的监督下训练出来的人，也不会差到哪里去，这家餐厅，查先生说还是南半球最好的。南半球，包括新西兰、智利、阿根廷等国家。

走出来，见到街上的华人，没有一个戴口罩。回到家里看电视，没有伊拉克战争，也没有非典型肺炎的新闻，尽是一些运动节目。乏味，拿查先生的武侠小说重看，书里打打杀杀，但是，外面天下太平。

赚电影钱

和小朋友聊天，她担心问："当前这一场非典型肺炎，影响最大的行业旅游和饮食，都和你的收入有关，要不要紧？"

我哈哈大笑："除了这两行，我还有别的呀，像卖茶业和小食。"

"你为什么做那么多？"

"小时候听妈妈教导：狡兔三窟，别靠单项入息。妈妈说的没错。"我说。

"老人家也说不熟不做，你怎么够胆？"

"不熟不做，说得对。所以要从兴趣入门，兴趣愈深研究得愈多，最后变成专家，就可以做小小的投资，首先要从培养兴趣开始。"

"我也行吗？"她问。

"行。"我说，"你有没有兴趣和嗜好？"

小朋友想了大半天："我……我只喜欢看电影。"

"看电影也能赚钱呀！"我说。

"赚电影钱？"她大叫，"你开我的玩笑吧？"

"绝对不是。"我严肃地说。

"当演员？做副导演？买卖 DVD？"她问。

"收集旧东西，就可以赚钱。"我说。

小朋友说："我没那么多资金买古董。"

"像收集邮票、铜币、香烟纸盒、明信片等，都不需要很多钱，但需要恒心和热爱。"我说，"电影的任何宣传品，像老海报、剧照、单张，都能卖钱。"

"一张海报能卖得了多少？"

"一九四二年公映的《北非谍影》的海报，全世界仅存三张，可以卖到八万到十万美元。"

"哇！"小朋友叫了出来，但想了一想，即刻问道，"可以大量翻印呀！"

"这就是成为专家的好处。"我说，"刚开始的时候，像在收集许多别的东西一样，会受骗的，但是当它是交学费好了。久而久之，就知道什么是真，什么是假。很高明的赝品，再过几十年，也值钱。"

"定价用什么来当标准？"

"用佳士得和苏富比的拍卖价来做标准最正确。"我说，"在一九九一年，一张一九三三年制作的《金刚》海报拍到五十一万美元，一九九七年拍的一九三二年《木乃伊》卖四十五万美元，收几年再拍，又是高峰。"

"那些都是老古董了，近来的海报呢？我们年轻人也只能接触到现代的。"

"中间一点的，像《教父》，可卖到四百至六百美元，《现代启示录》也同样价钱，更近的《沉默的羔羊》只能卖八十至一百美元。刚上映的要等十几二十年才有人买，但任何东西都是一样，藏久了就有价值。"

"马上能赚的呢？"

"如果你可以找到一张《角斗士》可卖十五到二十美元。"

"你说的都是美国片！"

"不。杜鲁福的《朱尔与吉姆》就可以卖八百到一千美元。"

"美国片在外国上映的海报呢？"

"日文版的《教父》，可卖二百到三百美元。"

"卖座片的海报呢？"

"詹姆斯·邦德第一部的一千六百美元左右，《金手指》难找又精美，可卖两千五到三千美元。要是你从第一部到最后一部整套齐全，是一个巨大的数字。《星球大战》虽然只有几部，集全了也值钱。"

"那么香港片海报呢？"

"在纽约有一家叫 Posteritati 的公司，专卖海报，我们现在就打电话去问问，001-1-212-226-2207。"

电话接通。我问："我有一张李小龙的《猛龙过江》,可以卖多少钱?"

"看海报的状况,最高可以卖一千美元。"

"什么叫'状况'?"小朋友问。

"海报通常跟着拷贝走,首轮放映过,折叠起来,送到二轮、三轮的戏院,有折纹和钉洞,专家会替你裱装和修补,等于我们中国字画的托底。一修补,这张海报就变成 B 级。A 级的是完美的原型,A 减是没经修补,但状态有一点点残缺的。"

"怎么看得出是修补过的?"

"把海报张开,对着阳光,就能看出破绽。"我解释,"有个好消息,海报自从值钱,由一九九〇年开始就不再折叠了,卷起来搬运。"

"修补费怎么算?"

"最普通的托底四十至五十美元,修补是按时间计算,每个小时三十三美元。"

"你可以给我一些联络方式吗?"

"当今都是网上通信了,修补公司叫 Bags Unlimited,网址为 www. bagsunlimited. com。刚才讲的买卖店 Posteritati 是: www. posteritati. com。海报交易会每年都举行,想参加可询问 www. vintagefilmposters. com。希望你以此赚钱,祝你好运。"

　　专家调查，一个普通人一天至少撒十一次谎。说大话，是我
们日常生活的一部分。

　　不相信吗？我们今天不是说过："找个时间饮茶！"

　　"这个孩子真可爱！""这是公司的政策。"

　　"改天通电话。""我每天都做运动。"

　　"你瘦了。""我没说过这种话。"

　　"你看来只有二十多岁。""我不会告诉别人。"

　　"我最不喜欢听好话。"

　　"靓女！"

　　谎话说得多了，自己也相信，变成我们人生的经历："啊，
尼泊尔，真是好玩。"

　　曾经听过三个小学生放完暑假后的对话：

　　"我妈妈带我去了日本迪士尼乐园。"

"我们去了美国那一个。"

"我只跟团去了新马泰。"最后那个说完，给他妈妈当头一拍："什么地方都没去，骗人做什么！"

我们骗人，都是为了要面子。所以我们年轻时常说："我一晚可以来八次。"年纪大了一点："我一星期两次。"更老了："男人可以小便就可以干那件事。"都是谎话。

为了那件事，什么都说得出："我们抱着睡，什么都不做。"鬼才相信，但就是说得出，也真的有人不会怀疑。

骗人并不一定是坏的，向患了"非典"的丈夫说："你的病看来好像好一点了。"

不伤害到对方，总是好的。但是有人睁大了眼睛说瞎话，就讨厌得很，明明在加税前买车，还不肯道歉说自己一时贪心，就很坏。维护他的人，更坏。

美国CNN最受欢迎的节目是讽刺自己的，主持人把布什当州长的访问，和他做了总统后的访问放在一个画面，一左一右，判若两人。

左边那个布什州长说："我们才不管人家那么多，我们怎么可以当国际警察？"

右边的布什总统说："我们一定要攻打伊拉克，替天行道，我们有的是正义。"

马科斯夫人说："我并不是特别喜欢鞋子，我穿的都是普通货，尤其是国产的，我要振兴国家工业。"

结果搜出的三千四百双鞋子，没一双是菲律宾做的。

尼克松在"水门事件"后说："我并没有撒谎。我说过了一些话，后来发现不是真的。"

连最多学生崇拜的华盛顿那件事也是假的，他砍了樱桃树，原来是写他传记的米逊·威姆斯造的。

克林顿的最大谎言是谈到大麻，他说："我并没有吸进去。"

我自己也有一个金句："我并没骗你，我只是暂时把事实保留罢了。"

佛教的谎言并没天主教基督教那么多，《旧约》上的人都能活到几百岁，教徒说："你别有疑问，相信就是。"

这本身已是一句骗你的话。

"死了上天堂。"已不是谎言，它是引诱。

我们教小孩会做人，其实就是教小鬼们撒谎。当今的小孩都会骗父母高兴，哪一句是真的？

"妈，你一教我就懂得了。"

一个只会说真话的小孩，即刻被送到动物园去。

我们写作的人更是废话连篇。作家作家，"作作加加"嘛。

报纸上的新闻，更能编造，连最有公信力的《纽约时报》也在骗人了，我们的报纸算得了什么？其实我们撒谎也撒得高明，在人物的照片上加一句话，说明是"设计对白"。明明是骗你的，总之你喜欢听就是。

女人最容易骗了，广告上的化妆品真是那么有效的话，早已得到诺贝尔医学奖。

反正我们的女人知识都不高，不然那 ABC 字母的骗子怎么得手？也有例外，你骂女人，总要说有例外，其实这也是一句谎言。

我也最喜欢骗女人，但是有时看到对手的尊容，说什么也不肯来一句"你很聪明"，连"很有个性"也说不出口。我常说："女人没有美丑，美只是片刻的，相处久了，丑的也变美的。"

那是一大谎言，美的还是少数的。我一个小学朋友的未婚妻丑得要命，他说："我爱的是内在美。"

"那你娶我奶妈好了。"我说，"她的内在美，没有一个女人比得上。"

当然，我奶妈的内在美也是一般的。

倪匡兄在二十年前写剧本时，绑票匪徒要求八千万赎金，导演看了说："八千万，多不多了一点。"

"反正都是不要钱的，说多一点有什么关系？"他懒洋洋地回答。

我写的文章愈写愈好，读者有十亿人。真的，反正不要钱嘛，说多一点有什么关系？写呀写呀，又多骗一篇稿费，何乐不为？

大话精

谎言，广东人叫作大话。喜欢撒谎的人，叫作大话精，听起来也十分可爱。

有时候，我们不是故意要骗人，但非把事实隐瞒不可。像看到朋友的小女儿，早被宠坏，无故取闹，吵个不停；样子又难看，经常皱着眉头，一副不可一世的表情，狗眼看人低，真是讨厌到极点；最可恶的是她还要含血喷人，诬告菲律宾助理用她妈妈的化妆品。

揭发她的罪行吗？

朋友没得做，亲戚也要疏远。迫不得已之下，勉强摸着这小鬼的头："真聪明。"

"漂亮"两个字，打死了也说不出。

这时，你已骗了人。是极大的罪恶，《圣经》上说。但即使我们是一个虔诚的教徒，还是不停地犯错，牧师说教，闷到睡觉，还得听下去，不出声也是撒了谎。

我们不骗人，在社会上根本生存不下去。遇到愚蠢的老师，说她笨吗？即被学校踢出来。奸诈的上司，指出他阴险吗？饭碗也打破了。我们渐渐地、慢慢地变成大话精。

别忘记，当你还是一个婴儿，把家里的东西弄得翻天覆地，父母亲回来，问道："宝宝今天乖不乖？"

"乖。"这已是你第一个大话了。

如果没有了谎言，结果是不堪设想的，它并不坏，为了得到选票，政治家都撒谎。日本人虽然有句"撒谎也方便"的谚语，但当他们的首相田中角荣说："我从来不说大话。"这句话，也变成了笑话。

金庸笔下的令狐冲也说过："说话不骗人，又有什么好玩？"

的确，说大话很好玩。我们作为写作人，不骗人怎行？作者要创造许多谎言，情节才曲折。有很多读者问："到底是不是真的？"

那些读者的头脑一定是四方的。好的读者不会问，他们问的，只是故事好不好听罢了。

为了传宗接代，如今男人已不能用棍子敲打女人的头，只有靠他那根烂舌："我遇到过那么多女的，只有你是最纯洁的。"

"漂亮"两个字，还是打死了也说不出。

恋爱由说大话开始。男的披头散发，女的说他有个性；女的一点礼貌也没有，男的说她很坦白。

喜欢了就会骗对方。讨好、附和等等，都在撒谎。

要不然，男人娶不到老婆，女人也嫁不出去。要是不互相隐瞒，这世界就陷入混乱。

拍拖一久，开始进一步。

遇到个洋妞，做完之后，总会问你："你觉得好不好？"（Is it good for you?）

这还不是强迫我们说大话吗？摇头的话，她分分钟拿刀斩你。但当你回答"Good"的话，多数是 No Good 了。

相反，当你感觉很羞耻的时候，上海姑娘会说："不要紧，有时紧张的时候会发生这种现象的。"

她们的本领也真高，又啊又哦，只是比不上虔诚的教徒，一句声也不出。

终于找到了一个好伴侣，把从前的情史都老老实实搬出来吗？那是最笨的一件事，只要稍微坦白，即刻变成不可磨灭的印象。一不高兴起来，永远想到你与其他人做那件事的样子。千千万万，不能犯这种错误。你不想说大话也行，保持沉默好了。

我并没有骗你，我只是把事实保留着罢了。

一结婚，事情可闹大了。当年你追求对方说的谎言，现在已可以说实话，不必打死你，你也会说："你不化妆，好丑！"

"你挖鼻子，真是视觉污染。"女的也会向男的说。

结果只有离婚收场。

"你去了哪里？"老婆问。

"谈生意，应酬应酬。"丈夫说。

"你去了哪里?"丈夫问同一个问题。

"打几圈小麻将。"老婆说。

大家都知道对方干的不是那回事。

有时也并不一定为了那件事，像男的对自己的妈妈好一点，女的就不高兴，也要撒谎。女的要求男的支持兄弟的生意，更要说大话。

除非两人都是情场老手，这个不合理的婚姻制度还能维持下去。还有一种情形，是两者都对性没有什么兴趣。要不然，这种数十年同样的枯燥生活，是绝对野蛮的。说大话，其实是给对方的一种尊敬，给对方一个台阶下，当一切撕破了脸面，已无可救药了。

一个日本朋友刚刚去世，灵堂上有很多莫明其妙的女人来拜祭，哭得好悲伤。

我看到他太太的表情激动，走过去抱着她，想安慰几句。

"我没事，"她说，"我只是很感谢我的丈夫，那么多年来，一直跟我说大话。"

大话精，万岁!

银座吾爱（上）

对于我，代表东京的只有银座。

新宿、涩谷、池袋等地区，年轻人都喜欢，而我的青春，很大部分时间在银座度过。

当年在东京做事，来往的电影公司东宝、东映、日活、大映和松竹，都集中在银座。邵逸夫先生来东京巡视业务，下榻的帝国酒店也在银座。与邵氏东京办事处的位置京桥，是散步的距离。

银座，顾名思义从前有个制造银币的工厂，后来已拆除，银行区还是设于银座的。至今尚未消失的那座圆形的大厦，叫三爱，卖化妆品，现在有咖啡座和各类商店聚集大厦中。对面有个大钟楼，最高档商品的贩卖地，叫和光。来到银座的人，不会错过这两座标志，虽然电车已不再在路上行驶。

每年到了圣诞节，大家都会在银座散步。"散步"这两个汉字，日文也是一个意思，但俗称步拉步拉（Bura Bura），而圣诞节在银座 Ginza 散步，有个专有的名称，叫作 Gin Bura。

记得有一年忽发奇想，我在圣诞前夕包了一辆电车，把大量一升瓶的清酒搬到车上，让电车在银座各条街的人群当中走来走去，和友人共醉一番。看到美女邀请上车，请她们喝一杯，一起欢唱圣诞歌曲。

另一条街，代表性的建筑物是 Sony 大厦，前面有个空位给各种大公司展示商品，常派一群穿着迷你裙的少女推销。偶尔这块黄金地位也租给各个县推广观光事业，把几千株的菜花种植在那里，黄澄澄的一片花海，令人叹为观止。

Sony 大厦对开的十字街，行人不仅能横跨马路，红绿灯也会四面叫停车辆，让大家交叉着走。这应该是全世界最大最宽的一个十字街头了。在上下班时间，一下子有上千个行人过路。

控制塔设于一座大厦的楼上，路人看不到。记得有两名台湾来的女子在红灯时闯出，忽然麦克风传来交通警的声音："请那两位穿旗袍的女人守守规矩。"

从明治时代开始，全日本衣着光鲜的人士都在银座街头徘徊。如今也不例外，但是最流行的时装已吸引不到目光，女士们还要借用抱在怀中的吉娃娃。我亲眼看过一个男人的肩膀上站着一只猫头鹰呢。

轰隆巨响，火车在高架桥上经过，桥下一排建筑中布满商店，在旁边有个数寄桥公园，小得不能再小。从前有个叫赤尾敏的老人，秃头，抓着扩音机不断宣扬"爱国主义"，有一排人龙，原来不是听他演讲，角头那档马票中奖率很高，大家都排着队抢购。赤尾敏一演讲数十年，几年前死去。银座少了一个标志。

日本人对名牌的迷恋是惊人的，LV整座大厦屹立，每天挤满客人。大百货公司，如高岛屋、松阪屋、三越等等，每个角头都有一家。但最好的、货物最齐全的还是松屋（Matsuya）。也不都是铜臭气，松屋旁边的那间 Itoya 七八层楼专卖西洋文具。鸠居堂卖字画用品，香的种类最多，我常去光顾，买写心经的专门用纸。

从前最注目的建筑还有圆形的日剧，楼上是大型歌舞表演，楼下有个脱衣舞场，如今已拆除，改成两间高层商业大厦，里边有戏院以及西武、阪急两家百货公司。可惜经营不当，想做年轻人生意又做不成，卖的东西不三不四，连食品部也废掉，也就从此不踏入一步。

旧时法国电影联盟（UniFrance）在日剧对面的大厦中，我有个女友在那里做事，经常去接送，顺道看对面的舞蹈女娘换衣服，也是一乐。如今该大厦也跟着日剧拆除了。

很可惜的是崇光百货也已经倒闭，电影《相逢有乐町》就是以此为背景。当年男女拍拖，何处见面？皆指崇光。

除了购物之外，我一日三餐都在银座进食。

一大早起身，帝国酒店顶楼的自助餐选择最多，洋日兼有；底层的滩万日本料理的朝食定食也很丰富。吃厌了酒店的东西，可以散步到有乐町车站，附近有间牛肉饭吉野家又便宜又好吃。吉野家对面有个站着吃面的摊位，从四十日元一客吃起，现在两百多日元，是全东京最便宜的。

再走远一点，在东银座区就是筑地鱼市场，场内有家叫大寿司的，以最新鲜的海产献客。光顾的人都在市场中做事，懂得成本是多少，嘴又刁，不鲜不吃。清晨五六点已挤满客人。

场外的拉面档井上已闻名香港，到那里一定可以遇到讲广东话的人在吃面。走过几档，就有一家人卖牛杂，一大锅热腾腾的牛肠牛肚不断滚，找不到的话跟着香味走去就行。

筑地也有间水果店叫定松，在那里买了水蜜桃或蜜瓜回酒店吃也行，不然等到九点钟，银座最出名的水果店千匹屋开门也行。这家人的水果可以说是全世界最贵，也最齐全的，任何刚上市的水果都有。目前当令的是樱桃，一盒三四十粒，可以卖到港币两三千块，说了你也不相信。

还有许多早餐店开在火车桥下。有一年邵逸夫先生对我说："你在什么地方吃，我就去什么地方吃。"

我带他到桥下的熟食档。吃到一半，火车经过，小店里架子上的碗碟受震掉下，跌入一大锅的面豉汤中，溅得他一身，但邵先生并无光火，笑着把早餐吃完。此事记忆犹新。

银座吾爱（下）

　　每一个地区，一定存在一些老店。日本餐厅之中，最守旧又生存得最久的，通常是鳗鱼铺，银座区也不例外。竹叶亭本店建于一八六六年，至今屹立不倒，小庭院中的竹叶枫叶，随季节变颜色，榻榻米小客房中吃烧鳗鱼，时光倒流百多年。地址：银座8-14-7，电话：3542-0789。分店开在银座大街，离三爱大厦不远。

　　银座的老店，还有专卖火车模型的天资堂，一百二十年前创立。地址：银座4-3-9，电话：3562-0025。

　　同样百多年历史的三共，专卖新旧相机，店里一排排的Leica和Rolleiflex数千架，是我看过各旧款相机最齐全的。地址：银座4-10-11，电话：3543-3951。

　　银座Kunoya卖和服用的道具，像烟袋、眼镜袋等，但只限男人用品，一八三八年开业至今。地址：银座6-9-8，电话：

3571-2546。

阿波屋创于明治四年，专卖木屐。地址：银座 6-4-15，电话：3571-0722。

专卖玻璃的 Kagami Kurisutaru，明治九年开业。地址：银座 2-6-4，电话：3564-4147。

八十几年前开的 Toraya 专卖帽子，如果你喜欢帽子的话，这家人可以代你找到任何一顶你喜欢的，定做也行。最贵的巴拿马草帽卖十八万日元一顶，合港币一万一千多。地址：银座 2-6-5，电话：3535-5201。

一七五二年创业，现在新店开于三越百货的和食器部门的 Tachi Kichi 中可买到各种茶道用具。很多人询问的烧茶叶的香炉，在这里有多款选择。地址：银座 4-6-16，电话：3562-1111。

对围棋有兴趣的话可去老店丸八棋盘店。金庸先生也在这里买过棋盘，据称天下最好的是宫崎县日向地区产的榧木正目做的，一个要卖到两万多块港币。地址：银座 3-5-7，电话：3561-0574。

如果你想买或定做一件浴衣，可去大野屋。地址：银座 5-12-3，电话：3541-0975。店里也卖用浴衣材料做成的恤衫。

我喜欢看，但并不买的有手杖店 Katagen。各种手杖精致得不得了，有一根还可以转开，分成四段，每一段有个暗格，可装酒、药丸、钟表和骰子，手把的部分一扭转可变成望远镜。地址：银座 6-9-7，电话：3571-5053。

银座还有很多教人生修养的学校，像试酒、造面、怎样穿和服、盆栽、绘画和陶艺等等。酒店的服务部会替你问好讲座的时间。

还是谈回吃的比较实在，银座有最好的寿司铺幸本店，有百多年历史。从前柜中并不摆海鲜，大师傅先握一个鱼寿司和一个贝寿司，看你先动手拿哪一种，之后便按照你的喜恶握给你吃。大师傅记性特强，来过一次就记得你是爱吃鱼或贝，当今这师傅已逝世，不过还是一家最上乘的寿司店。地址：银座 6-3-8，电话：3571-1968。

至于天妇罗，天一有多家分店，最好是去老铺。地址：银座6-6-5，电话：3571-1949。客人都是坐在师傅面前，看见什么点什么，现炸现吃。

说到大众化食物 Oden，老铺叫 Ogura，食材选择数十种，煮成一大锅，也是看见什么点什么。地址：银座 6-3-6，电话：3574-8156。

最高级的烧鸡店叫鸟繁，所有的食材齐全，还加了水鸭、禾花雀等，这里的干咖喱鸡饭也很出名，别以为烧鸟卖得都很便宜，这家人一吃几百块港币不出奇。地址：银座 6-9-15，电话：3571-8372。

喝啤酒的话，有间叫 LION 的啤酒屋，用碎石砖砌成的墙壁，古味盎然，到这里喝啤酒的客人一来五十年，真是一点不变。啤酒之外还有很多小食，又便宜又好吃。地址：银座 7-9-20，电话：

3571-2590。

当然银座最多还是小酒吧，横巷中的招牌重叠又重叠，不知道去哪一家最好。来到银座当酒女的已经是酒女中爬到最尖端的了，皆有水平，不会丑到哪里去，可惜近年人一长得好看就去当模特儿或小明星，银座的酒吧里，都是中国内地来的留学生。消费惊人，不去也罢，在这里也不推荐你去什么地方。和日本人做完生意，他们要请你去哪一家就跟去吧，绝无惊喜或惊艳可言，当晚也不会有什么结果。

一个人无聊，或是想喝瓶酒的话，就到一百岁妈妈生开的Gilbey A。地址：中央区银座 7-2-16。价钱公道，放心吧。其他日本酒女还是很年轻的。

不去餐厅或酒吧，在百货公司地下食品部买你喜欢吃的东西、喝的酒。捧着一大包散步到帝国酒店对面的日比谷公园野餐，也是很愉快的事。

银座从前有很多夜总会，著名的有 Show Boat 等，但近年已消失。记得当时典当相机，请香港来的友人去一间叫白玫瑰（Shiroi Bara）的，伴舞女郎来自日本各县，在腰间挂着一块牌子，写明新潟、福冈等。在东京住的都是各地来的人，到银座消费才能称上真正的东京人。这些火山孝子偶尔思家，就到白玫瑰来找同乡聊天。这家夜总会一直在银座生存至今，是个很有趣的现象。下次带你去玩玩。

当人类创造回忆

有人建议我以年龄为序写一个一生大事年表。

真好笑。年表这件事该是后人代为编排。作者自己写的，多数像自传一样，只有夸耀，不忠不实，还是写成小说吧！

自己几岁几岁时，世界发生了什么事，倒可以记载一番。那是历史，篡改不了的。

由出生到三岁这段时间，我没有记忆，一些事只能从父母和家人的口述中得到。有件事相当滑稽。

我出生于太平洋战争爆发的一九四一年。

日本鬼子入侵，我们一家，父、母、姐姐、哥哥、奶妈和我六人逃难，从市中心一直跑到乡下躲避，情势之险恶有如丰子恺先生的漫画，炸弹的碎片把人头削去，肚肠横流的画面举目皆是。

逃难没有东西吃，母亲身体也流不出乳汁，奶妈是养姐姐的，一直跟随着我们，变成了姑妈之类的家族成员，对八年后出生的我，已不负责当年的工作！

一路上，我到底靠什么活下去？后来我好奇，提出这问题。

"吃蝴蝶粉呀！"奶妈说。

"什么叫蝴蝶粉？"我问，"是奶粉吗？"

奶妈解释："当年奶粉还没发明，那是一种用白米磨成的粉末，英国制造。铁罐上印着一只蝴蝶，大家都叫它蝴蝶粉，舀一汤匙出来，用滚水泡开，大力搅拌，变成像糨糊一样的东西。"

"什么？"我说，"我是吃糨糊的？"

大家都笑了。

即刻又很自然地反应："逃难的时候，哪来的木头烧滚水？"

母亲呆了一呆，笑着说："现在想起来，那时候大家顾着逃命，都没吃东西，你也空肚。"

"幸好没饿死。"我拍拍胸口。

大家都跟着拍拍胸口："幸好，幸好。"

"没遇着日本兵吗？"我问。

姐姐记得最清楚："日本兵没遇到，但是头上的飞机不断飞过。"

"炸弹炸个不停吧？"我问。

"何止炸弹。"姐姐说，"飞机飞得很低，机关枪扫射，嗒、嗒、嗒、嗒。"

"大家怎么躲避?"我问。

"都跳进沟渠里呀!"姐姐说。

"我也跟着跳进去了?"我问。

"你连路也不会走,哪会跳!"姐姐说。

"那么我在哪里?"

"妈妈背你呀!"

"这就是我的问题了。"我急了起来,"妈背着我跳进沟渠里,我不是暴露在外面?"

脑中出现那么一连串的画面:听到远处飞机的声音,众人一面跑一面回头看。飞机飞得愈来愈近,众人的脚步愈来愈快。背上的婴儿受到颠动,大声哭泣,炸弹投下,轰隆轰隆,椰林中弹,爆发巨火。震荡令逃难的人把头一缩,继续往前奔跑。

嗒、嗒、嗒、嗒,一排子弹扫了下来,逃在后面的人被子弹穿胸而过,血液飞溅。

家人见情势不妙,纷纷各自跳进沟渠(那沟渠也不是很深,不然不敢跳进去)。

第一架飞机当头飞过,以为没事,忽然又听到第二架飞机低飞的引擎声,转头一看,飞机双翼喷出闪电般的火光,嗒、嗒、嗒,又是一排子弹扫射下来,柏油路被打得一个个的洞洞,碎石乱飞。

暴露的婴儿挥动双手,张口大哭……嗒、嗒、嗒、嗒,炮火声淹没了哭啼声。

眼见又一枚炸弹由高空投下。

炸弹由远至近，发出尖锐的嘘嘘声。

说时迟，那时快，一棵路旁的巨树被炸中倒下，刚好倒在婴儿旁边。炸弹爆炸时炮壳横飞，一片片铁皮镶进了树干。

婴儿已经哭得疲倦，耳朵又被炮火震得听不到声音，周围椰林的火焰，变成橙黄色的海洋。阵阵浓烟是各类动物的化身，中间有只巨鹰，飞来飞去，飞进一个很大的鸟巢。婴儿仔细一看，原来是妈妈蓬松的头发，他哈哈叽叽咭咭嘻嘻笑了出来。

惊魂甫定，看到沟渠中流动的山泉，清澈可喜，就舀了一些来冲蝴蝶粉。冷水泡制，当然搞不出糊状，弄得一塌糊涂，喂将起来。婴儿有东西吃，也不管好坏狂吞，笑得更厉害了。

"完全不是那样的。"姐姐说，"后来的事，大家都吓得记不起来了。"

好生失望，故事那么说，才有趣嘛。

所谓大难不死，必有后福，后来我一生做人不太努力，也没有经过什么风浪，活到今天。

最初的记忆

当我有记忆时，是住在一家叫"大华"的戏院三楼。从客厅走出去，就看到银幕。

大华戏院是一座很古老的建筑物，至今还屹立着。戏院外面有四幅瓷版画，设计完请景德镇师傅烧好后拼上，每幅有四五十尺高，七八尺宽，画着京剧的人物。瓷砖从内地运到南洋，由内地工人一块块牢牢地砌上去。七八十年后，一片也不残缺剥脱，颜色鲜艳，表面光亮，真是不可多得的艺术品。

家父蔡文玄，跟着邵仁枚、邵逸夫两兄弟来南洋发展电影事业，除主管电影的发行之外，还当大华戏院的经理，所以我们的家被安顿其中。

爸爸做买卖，姐姐、哥哥上学，奶妈忙着做家务。剩下我，每天看电影，放映多少场看多少场，反正小孩子对重复又重复的事，不感厌倦。

那是一个专门做来监察戏院一切的包厢，下面望上，像个阳台。从那里可以看到一楼和二楼的观众席。包厢有如一个大贝壳，边上有条铁栏杆，我不够高，家人搬了一张椅子给我半蹲半跪着看戏。

你知道小孩子是静不下的，有时我会在黑暗之中爬上去抱住栏杆，看电影看到疲倦了我就那么睡，要是一下不小心就会摔下去，也就拜拜了。

每天看的多是上海的一些旧片，日本军入侵，也有些日本片，其中有一部是一个士兵逃亡的，记得很清楚。后来重看，才发现是叫《晓之脱走》，由池部良和李香兰主演，黑白片，川喜多监制。他那时权力很大，军阀管不到他，很大胆地拍了一些带有少许反战意识的戏。

至于电影中的主题曲，则是由李香兰唱的《卖糖歌》，歌词和旋律还能背出来。

那时候，我三岁……

生日那天，家人做了些甜面。潮州家庭有那么一个传统，生日要吃用糖煮汤汁的面，相当难吃，面本来应该吃咸的嘛。

甜面之外，还有一个煮得全熟的鸡蛋。用张写春联的红纸，趁鸡蛋还湿的时候在壳上磨一磨，就染红了。

那时候要吃到一个鸡蛋并不是很容易的事，所以那颗鸡蛋要小心翼翼、慢慢地欣赏。先剥了蛋壳，盐也不蘸，保持原味，一小口一小口嚼蛋白。

忽然，警报响了，飞机来轰炸。来的是英国机，投下的是英国炸弹。当时沦陷，又是战争结束的前一年，英国空军飞来反攻。

爸妈姐姐哥哥和奶妈赶紧拉我去防空壕逃避，我哪舍得留下最后才吃的蛋黄！

黄澄澄的仁，像睁着眼睛望着我，要求不要抛弃它，我一急，一手抓住，往口中送。我那么一卡，呛住了喉咙，一面跑一面大口喘气，差点憋死。

从此，看到蛋黄就怕，再也不碰。

之后，对那段时间，只有零零星星的回忆。

姐姐很乖，书读得好。哥哥顽皮透顶，一次回家给爸妈骂，上写毛笔字课时，忘记带水，就小便去磨墨。他人老实，自己告诉大家的。

哥哥又喜欢剪报纸，一有空就把报纸中所有的广告都剪下来，盘着腿，坐在地上剪，一不小心，剪到鸟，血流得满地，长大后也不用割包皮了。

还有一次，哥哥追一只猫，追到阁楼，踏进脆薄的天花板，整个人跌下来，昏倒了。爸妈也不知道怎么办才好，只有一个抓手一个抓脚，把他摇来摇去，摇醒了。

一天，家里出现一个日本兵，穿着长靴，拿了一件日本浴衣和水果白桃罐头来当礼物。据爸爸后来说，他是个军医，又深好中国文学，打听到父亲是个诗人，专程来拜访。

那人看到我，从裤袋中抓出一把糖给我吃。外层白颜色，还可口。里面包的东西又黄又绿，味道古怪。

长大后，由爸爸补充，得知这个军医看到南洋女子都怕晒太阳，致力研究出一种药，吃了令皮肤的黑色素消除，原来他是拿我当白老鼠。

每次来，和家父在纸上笔谈，汉字大家熟悉。我在旁边看，他又给我吃糖。说也奇怪，如今想起，我一生皮肤洁白，脸还带红，就算在沙滩上拍戏，黑了一两天，又转白了，不知道是否这药真的有效。

有天一家人吃晚饭，吃到一半，飞机又来轰炸，说时迟那时快，还没来得及逃跑，一枚大炸弹"隆"一声出现在我们头顶，给天花板夹住，还清清楚楚看到弹头。好在弹头里的撞针失灵，不然爆发起来，一家大小都没命。

父亲打电话给那军医，他派工兵来把炸弹拆除搬走。爸爸要求工兵把炸弹的翼部锯开留下，后来又留了一片圆玻璃，当成餐桌，以志不死之难。

那军医送的衣服，没人穿，因为一扯袖就烂。我们拿来玩，像纸一样，可以用手指一片片撕开，天下再也没有那么坏的布料，皆因日本穷兵黩武，已到毁亡之前，所有物资都短缺。军医再次来访，说是最后一次见面，父亲送他一双皮鞋，他把长靴脱下来当礼物。走后，我穿着靴，直插入腿，到了胯下，是个好玩具，至今不忘。

回忆的建筑

　　回忆录写到这里，大致和事实没什么出入，再接下去的就不能担保了。因为每一个人对自己的过往，都只留下好的，虽无上司，也报喜不报忧。请看官姑且信之。

　　在战争的阴影下，家父虽有戏院经理一职，物质短缺，生活还是艰苦的，父母兼两份事做，一家人才能糊口。爸爸是文人，想做买卖，出了一个馊主意，说去卖蚊帐。这种货哪有客要？几天就收档了。

　　还是女人的生存本领高，妈妈早上到一个叫榜鹅的乡下小学教书，顺便在树林中摘下免费野生芒果，回家后用甜醋浸了，晚上拿去卖，也赚了不少钱。

　　每夜受露水煎熬，母亲患上了哮喘病，半夜咳个不能入眠。我和妈妈一起睡，这哮喘当然也传染给了我。她咳我也咳，咳得不能躺卧，起身坐着才稍微缓和。

父亲在国内当教师时，有位学生叫林润镐，后来也跟着来到南洋。他一直尊师重道，我们当他是一家人，从小镐兄镐兄地称呼他。镐兄是位通天晓，看见马来朋友抽一种烟，咳嗽停了，睡觉安宁，就买了烟教妈妈抽。

记得很清楚，那是连火柴也买不到的年代，我们母子躲在卖不掉的蚊帐中，点了一盏油灯。油灯外有个透明的玻璃罩，罩口被烟熏黑，之前由我负责，把香烟盒剪成一条条，用它来点烟。

妈妈吸了一口，我在旁边二手烟也吸了几口。说也奇怪，果然两人都睡得香甜。

长大后，到世界各国流浪，一闻同伴的烟味，非常熟悉，原来当年抽的是大麻。

鞭炮声大作，抗战胜利。

母亲做买卖赚的钱，时常借给亲戚和朋友救急，这时他们都拿了一沓沓簇新的钞票来奉还。这些银纸是日本人印的，将新加坡改名为昭南岛，上面印着一棵香蕉树，挂着一大串果实，被华人称为香蕉纸。日本人一败，钞票都废掉了，这时他们才还钱，妈妈唯有苦笑。

一大箱的香蕉纸，被当作玩具。哥哥和我，横放一张，直摆一页，左叠右折，愈来愈多，起先像风琴，后来变成一条纸龙，那时又没有什么大富翁之类的游戏，也玩得不亦乐乎。

有个亲戚，拿了几条东西，像现在的 Mars 朱古力，用锡纸包住，当债还。妈妈问他是什么？

"鸦片呀！可以卖很多钱的。"亲戚说。

家母在国内是新一代青年，最痛恨鸦片对中国人民的毒害，即刻拿去烧掉。

燃烧时发出很奇异又很香浓的味道，至今记忆犹新。

在马路上，一辆辆英国兵驾的货车，载着垂头丧气的日本战俘。群众看到了，都挥着双手，大骂："马鹿野郎（Baka Yaro-Baka Yaro）！"

我们也从大华戏院搬家，新址是一个叫"大世界"的娱乐场，地方大得不得了，里面有戏院、舞厅、店铺、体育场，按照上海的模式建的。父亲被派去"大世界"当经理，我们的新家，就在娱乐场里面。

刚才说过，回忆录已多数是不忠不实的，写成小说后大家就不会探究了，所以我将住在"大世界"的这段童年改成一部叫《吐金鱼的人》的中篇故事，在此不赘述了。

"大世界"一住六七年，家中环境渐好，母亲又机灵，跟着一位我们称为统道叔的老朋友买股票，又投资马来西亚的橡胶园，有点儿储蓄。家父反而"工字不出头"，薪水仅仅够家用罢了。

双亲花了一大笔钱，在新加坡后巷实笼岗六条石买了一个房子，地址记得清楚，是 No. 47，Lowland Road。

搬新家的那种兴奋的心情，很难用笔墨形容，一切是那么新鲜，那么愉快。

那是一座大屋，犹太人建的，两层楼。大人搬家具，小孩子开窗，数一数，有一百七十多扇。

由一个铁闸走进去，经过一段泥路，才到家。花园很大，种满果树，旁边有个士敏土铺成的羽毛球场，是我们最喜欢的。

隔篱是座庙，和尚很喜欢听"丽的呼声"，每天一早就从小箱子传来一首约翰·施特劳斯的《溜冰圆舞曲》。

庙前是一个马来人的村庄，椰子林中，有名副其实的马来鸡到处奔跑，鸡腿瘦到极点。

在这里我度过思春期，直到我出国留学。这段时间头脑已成熟，记忆中的事情很多，但是记录起来又恐怕变成虚构的，只有留着当另一部小说用，现在写的当成一些背景的资料。

生活在异乡时，往往梦回。那片椰林、那间犹太人的屋子、花园中的红毛丹树、奶妈的逝去，等等等等。醒来，枕湿。

多年后，专程请友人驾车，回 Lowland Road 去看看故居，整条马路都改得面目全非，往时的影子一点也没留下，愈走近四十七号愈心慌。一看，一栋栋的住宅屹立，花园也消失了，心中大喊："请不要把房子建筑在我的回忆中！"

穿旗袍的女子

我在思春期中，认识了一个叫歌里雅的，是个卖化妆品女郎。

她穿粉红色的旗袍在商场中服务，旗袍像是这一行的制服。对南洋的孩子来说，旗袍的开衩充满了性的幻想。

自从见过她之后，我放学即刻换了校服，穿长裤往她工作的地方跑，连电影也不看了。

徘徊了多次，也不记得是谁先开了口，约去喝咖啡。

"原来你还在上学。"歌里雅说，"我还以为你已经出来做事了。"

十五岁的我，已身高六英尺，怪不得她有错觉。

"我十八了。"她说，"你多少？"

"也……也一样。"

十八岁，在我眼中已是一个很老很成熟的女人，但我一向对黄毛丫头一点兴趣也没有。刚好，我认为。

"我从马来亚来的。"她说。

"家里的人都住这里?"

"不,只有我一个,租房子住。"

"我有一个同学也是从马来亚来,他家里有钱,买了一栋房子给他住,父母亲不在。我们常在他那里开 party,你来不来?"

"好呀。"她笑了,有两个酒窝,只觉一阵眩晕。她的眼神,就是书上说的媚眼吧?

约好的那天来到,心情莫名紧张。事前其他同学买了食物,开罐头火腿做三明治,我负责调饮品,做 Punch。拿了一个大盆,倒入冰块,切苹果和橙片,再加果汁和汽水,最后添一杯 Beef-eater 占酒,大汤勺搅了一搅,试一口,好像没什么酒味。Punch 嘛,本来就不应该有酒味的,但还是把整瓶倒了进去。

歌里雅乘了的士来到,还是穿着一身旗袍,这次换了件黑色的,显得皮肤更洁白。同学们都投以羡慕的眼光。

跳过几首快节奏的恰恰之后,音乐转为柔和的 *Don't Blame Me*,这是大家期待着的拥抱时间,我一揽她的腰,是那么细。

她靠在怀里,在我身边说:"我是一个不会接受'不'字的女子。"

心中牢牢记住这句话。

舞跳至深夜,她走了,什么事都没有发生。

一天,吃过晚饭,在家里温功课时接到她的电话,声音悲怨:"你来陪我一下好吗?"

"好。"这种情形我不会说不。

匆忙在笔记簿上写下了她的地址，穿好衣服却忘记了拿，已赶出去。

到她家附近，怎么找也找不到她住在哪里，也没她电话号码，急得直骂自己愚蠢。这时，三楼的阳台上伸出她的头来，我才把额上的汗擦干。

打开门，看到还有泪痕，身上是一件蓝色旗袍。

"我妈叫我回去嫁人，我不回去！"她又流泪。

当然顺理成章地拥抱，亲嘴，抚摸。

躺上了床，一颗一颗铁纽打开的声音，像银铃一样。当年裁缝的旗袍，纽扣特别多。

雪白修长的腿，小得不能再小的底裤，歌里雅的旗袍内并没有胸罩。发现自己的做爱行为有点笨拙时，我拉开了她的枕头，垫高了她的屁股。这一招是书上看过的，不能给她知道我对这件事的经验还不足。

事过后，歌里雅从我的胸口抬起了头，问："你爱不爱我？"

一说爱的话，她会对我失去兴趣吧？我摇头："不。我们见面不多，怎么能够说得上爱。"

"哼！"她整个人弹了起来，"你肯定你不爱我？"

"不。"我斩钉截铁。

"好。"她大叫，"我死给你看！"

我知道她在开玩笑，穿了衣服走人。

回到家已是深夜一点，大家已经睡了，把花园的铁闸锁上。树丛中有道裂痕，是我的秘密通道，我翻过篱笆爬进去，轻声走入睡房，拉起被蒙头大睡。

两点半钟，电话大响。我们都起了身，从来没人那么晚了还打电话来。父亲接听了，脸一变，把电话摔在沙发上，姐姐接过来听："什么？吃了多少颗安眠药？喂，喂，你在哪里？喂，喂，喂……"

父亲是文人，对这种事也感到尴尬，不知道怎么骂我，只有指 我的鼻子："你……你……你……"

好在母亲是一个处变不惊的人，还在呼呼大睡。姐姐继承妈妈的坚强，镇定地说："我来。"

她把我留在桌子上的笔记簿地址撕下，开车出去。

说不紧张也是假的，当晚怎么也睡不着。到了黎明，姐姐回来了，说："不要紧。煮了很浓的咖啡灌她喝，扶着她逼她走了几圈，再挖她喉咙，什么都吐出来了。"

雨过天晴，从此一家人再没有提起这件事，直到我长大，出国，在社会做事。

"那个孩子，小时女朋友真多。"父亲向他的老朋友说，还带点自豪。时间，的确能改变一切。

昔日韩女（上）

最近喜欢韩国电影，看得兴起，什么垃圾 DVD 片都租来看一轮。优秀者很少，《我的野蛮女友》《杀手公司》等，其他没有几部。

庆幸韩国电影有出人头地的一日。从前，都是西片和香港、台湾片的天下。好莱坞电影有输入的限制，更造就香港片的流行。韩国电影被欺压了数十年，现在来报仇，也是应该的。

起初的香港片子都是些动作的，爱情片也大卖特卖，像邵氏的《珊珊》，就打破了卖座纪录。韩国乡下人，还是爱婆婆妈妈的故事。

我第一次去韩国，与电影无关，那是做学生时的暑假旅行，从东京飞去，抵达的金浦机场，还是简陋的木造建筑。

印象实在太好，接着我也从九州岛的小仓乘船渡海，抵达釜山，从釜山坐火车，一个站停一两天，一直玩到汉城，再飞回东京。

四十年前的汉城，是一个极贫穷的都市，比起东京，路上行人的衣着还是破烂的。街头巷尾有修理雨伞骨的。尼龙丝袜，穿了洞还一针一线缝补。很多小贩在叫卖，印象深的是一个穿着传统韩式服装的老人，把晒干的黄鱼用麻绳穿着，绑在身上，你看中了他就拔一尾卖给你，是个活动的摊子。

洋烟禁止入口，政府派出专员，一嗅到不是韩产的烟叶味道，即刻抓人，我们称之为"香烟狗"。

汉城的山丘都光秃秃的，树木很少，所以政府不许人民用即用即弃的木筷子。冲进餐厅，要是找到一对，就罚停业一天。如果看到餐厅供应白米饭，也要罚的。当年产量不够，一定要掺小米和粟类杂粮，才可炊饭。黄黄赤赤，难于下咽。

华侨做的生意大部分都是开馆子，炸酱面韩国人最爱吃，他们认为中华料理是所有餐厅最便宜的，放心光顾。面是现叫现拉的，一下单，即刻听到厨房传出砰砰的打面团声音。上桌一看，没有什么肉碎，尽是黑色的酱，有些黄瓜丝已是上品。华侨山东人居多，做的面很地道，现在去山东也吃不到这种正宗的炸酱面，但韩国的中国馆还在卖，下次你去试试看，真是好吃。

朝鲜战争结束不久，动乱之后，勇士们到哪里去了？出来挣钱养家的，永远是生命力最坚强的女人。

在明洞区的半岛酒店（Bando Hotel）前面，到了晚上，有三百到五百个女人麇集，美的不少，像个夜市场，蔚为奇观。半岛酒店经过一次大火，已拆除，目前屹立着的 Lotte Hotel 就在它的旧址上。附近的仁川，有个山头布满弯弯曲曲的小巷，里面每一间房都是独立的妓寨，加起有千户之多。亲眼看过，此言不虚。

到韩国游览的外国人当然不必光顾这群花街女郎，因为当年韩国还有戒严制度，到了半夜十二点，街上如果有行人，宪兵可以随时枪毙，实在恐怖得很。女人出来玩，一到十一点多找不到交通工具，就得徘徊在观光酒店大堂，看到男人就要求让她们在旅馆中住上一宵，代价是什么，大家心知肚明。

汉城去得多，变成识途老马，再想玩下去的话，有一个叫"蓝天堂"的夜总会开到清晨三四点，你只要租一辆宪兵用的吉普车就能接送。夜总会中有乐队伴奏，跳乐与怒，真人乐队终会疲倦，慢歌就出现，是拥抱的时间了。

大概是生活习惯和饮食的营养吧，住东京的时候，看到的女人，腰长腿短，丑的居多。到了韩国，完全不同。韩国女人至今还是全亚洲最漂亮的，许多日本女星都是韩籍，用日本名字罢了。

怎么判断一个国家女人美不美呢？很容易，上街，到酒店百货公司走走，一个小时之内数一数，在汉城能遇到四五个美女，台湾两三个，香港一个左右吧，不过香港女人很会穿衣服，错觉上还是过得去。至于日本，逛上三小时，也看不到一个。当然，现在不跪榻榻米，又喝很多牛奶吃很多面包，日本女人身材好的，比以前多得多。

印象中的韩国总是女人多，这也是事实。出生率是男的少，又加上当兵死去的，当年的比例是六个女人对四个男子吧。

　　女人一多，男人就作威作福了，街上男人对女子拳脚交加的例子屡见不鲜。这种情形之下，香港去的男子，可真是值钱了。

　　在韩国女子的眼光中，香港人比当地华侨优秀，当然没有韩国男人那么粗鲁。当年盛传韩国女人晚上会替你洗袜子，挂了起来第二天干了为你穿上。我没有遇到过，但是半夜起身，看她们得意地看着你，倒是真事。有时，感觉到有人抚摸着你的面颊，张开眼就看到她们微笑。这大概是中国北方的男子邂逅苏州姑娘的反面吧，彬彬有礼和皙白的皮肤，是难以抗拒的。

　　在那个天真的年代，韩国女人敢作敢为，对男人的性要求开放得较东南亚国家早，唯一的尴尬是她们一喜欢上你，即刻像洋人叫达令那么 Yabo、Yabo 地在进行中大声喊出来。当年建筑物的墙很薄，酒店之内，通宵达旦地传出爱的呻吟。

昔日韩女（中）

之后，因私人旅行和公司业务，我去韩国的次数，算了一算，至少上百回。

最初当学生，储蓄了些打散工的钱，就往韩国跑。有一次到一个乡下去，外面下雪，旅馆的女服务生面颊如苹果一般粉红，很体贴地为我安排在房间内吃韩国菜，递毛巾、倾酒。我手头阔绰，打赏了两千日元，她即刻要脱衣服，把我吓得一跳。

从火车厢望出，山上的松树和古庙，有如中国水墨画。韩国经济起飞的今天，女人也许变成了野蛮女友，但是风景依然，令人向往。

当年我在邵氏做事，电影剧本一写到雪景，第一个想到的地方是日本。制作成本较低的戏，就去韩国拍。又因为韩国的制作公司负责人多数会说日语，谈判起来方便，凡是去韩国外景的电影都由我负责。

和邵氏相等地位的申氏公司，拥有一个巨大的摄影厂，在一个叫赡养的地方，也开设像南京剧团一样的演员训练班，美女无数，我常去那里选新人来拍戏。

在电影的黄金年代中，日本有东宝、东映、大映、松竹和日活五大公司。韩国的申氏，加上中国香港的邵氏组织的亚洲影展，是每年一度的盛事。

我还年轻，没人认识我。第一次参加影展是以影评家身份，代表新加坡去评审。其实是卧底，给分数的当然是香港电影。

影展中认识了申相玉，因为他也是留日，与我一见如故，无所不谈。后来才知道他就是申氏公司的大老板，二十几岁就当导演，拍过无数得奖戏，被誉为影坛金童子，又与最红的女演员崔银姬结婚，是韩国电影最重要的人物。他们夫妇给朝鲜金正日绑票，此为后话。

申相玉一来东京或香港，必由我当翻译处理电影上的业务，谈完了去中国餐厅大吃大喝，成为最好的朋友。我一到汉城，他必派车子接送。晚上，我们去伎生屋。

所谓的伎生屋，就像日本的艺伎馆，他和一班手下身旁都有个如花似玉的女人，我坐主客位，但是陪着我那个相貌平凡。

韩国美女的面容，代表性的也和现在当红的那三个一样：楚楚可怜的孙艺珍，带点邪气的宋慧乔和野猫型的全智贤。我那个鹅蛋脸，是典型的韩国古典味，也许他们看来顺眼，我却觉得那三种型比较好。

当年美女多得很，从香港去的武师一人身边一个，都长得漂亮。有的还娶回来，像洪金宝的前妻，也是大美人一个，但偏偏身边的这个伎生不怎样。

"我们来伎生屋，无醉不归。"申相玉说，"如果今晚你不喝醉，我就翻桌子不付账。"

身边那个伎生开始向我敬酒，先用小杯喝日本清酒，接着换中杯，来大杯，后来干脆把盛人参鸡汤的大碗拿来装酒。我年轻气盛，干就干，没把我喝倒。

大家都是一肚子酒的时候，那伎生突然站起，腰绑大鼓，双掌拍之，舞将起来，转身又转身，愈来愈快，侍者抬出一排十二个的大鼓，像一面墙，那伎生打完腰间的鼓，又仰身弯腰打后面的，十二个鼓轮流击之，身轻如燕。在最剧烈的舞步中，她忽然终止，躺在我怀里，胸部一起一伏喘气。

韩国女人传统服的特色在裙子大，上身衣服小，把胸部绑得又紧又平，绝对不给你看到身材。此时由她身上传来的，是一股本能的动物求爱味道，不可抗拒。

还没来伎生屋之前，已经有人告诉过我，伎生是陪酒不过夜的，我知道没有希望，当然不摆出急猴相，只是慢慢地一击一击拍出掌声，其他人也跟着热烈拍手。

装成大醉，申相玉高兴地派车子送我回酒店。

刚要入眠，门铃响了，从窥镜一看，是个长发少女。

进房，她微笑，说了一口流利的英语："我是韩国最好的舞蹈演员，常派去外国表演，学了几句英文。"

"这不合伎生的规矩呢？"我知道她知道我说些什么。

"伎生不可以陪客人睡觉。"她说，"我不是伎生，今晚申先生吩咐我来客串的，但也要我自己喜欢。"

再下去的事也不必细诉了。她成了我的女友，常带我到街边吃那种手榴弹式的海鞘（Hoya）刺身。有时，她也把我带回家去。和中国人一样，丈母娘看女婿，愈看愈可爱，她妈妈把家里的菜全部搬出来，堆满了餐桌，三天三夜都吃不完。

烤肉上了，有个龟背的铜鼎，我夹了一片肉在上面烤。"An-nyaz（不是)！"她说完把整碟的牛肉倒在鼎上，吃得豪迈。

我发现韩国女人不像日本的那么跪，她们总喜欢跷起一条腿，另一条平放着坐，是观音像中常有的姿态。

而且韩国女人吃东西，用筷子时是夹着给男人的，自己吃时单用一支汤匙，从龟背鼎的汤沟中舀出肉汁，淋在白饭上，狼吞虎咽。

做爱，韩女和吃东西一样强烈，总是大叫："Yabo、Pari、Pari！"每一个国家的语言，一叫起"快点"，都重复"快"那个字眼。又学会一句韩国话。

昔日韩女（下）

　　和那仗生交往了一段日子，偶尔她会带我到韩江去，岸边停泊着几条小艇，我们租了，船夫便撑到江中，点了蜡烛，用一个纸杯穿个洞当灯罩套上。船夫跟着"扑通"一声跳下水，游到岸上，耐心等待。我们在艇中大战三百回合后，穿回衣服，吹熄蜡烛。船夫又"扑通"跳下水，游到船上撑艇送我们回来。

　　这时申相玉拍的《红色围巾》卖座大破纪录，主题曲韩国人人会唱，片子也卖给了松竹，成为战后第一部在日本上映的韩国电影。

　　他来日本的次数渐多，我当年派在日本，又和他在东京大吃大喝，谈他以后进军好莱坞的梦想。

　　和香港合作的机会也多了，拍了《妲己》等电影。《观世音》一片，女主角在香港的版本由李丽华主演，韩国版是崔银姬。

　　后来邵氏也来韩国招请导演，像拍动作片《天下第一拳》的郑昌和等人，文艺片导演则请了当红的金洙容拍何璃璃的《雨中花》。我去韩国的机会大把，和那伎生打得火热，她穿起洋装愈来愈好看，身材腰短腿长，言语又通。但到了论起婚嫁，又不是一个为事业着想的年轻人肯做的事，拖拖拉拉之下分了手。

我独自到济州岛旅行，当年这里还是个偏僻的渔村。海边有许多小艇，穿着白色薄衣的年轻海女们招徕声不绝。登上一艘，划到海中，两个海女轮流潜进海挖出一头大的鲍鱼，用铁棒把肉打烂后叉在火上烤，淋上酱油，香味扑鼻，再倒韩国土炮马格利给你喝。大醉之后躺在她们的大腿上午睡，此情此景，不复再。

我们去韩国出外景，申相玉总让我用他的老班底，是一群从《红色围巾》以来一直合作的人，他们可以不休不眠地为我克服一切困难，我从来没有见过那么勤劳的工作人员。

对女演员，我当监制的原则是不碰的，一碰麻烦诸多，但工作人员之间，一久了就会产生感情，其中有一位负责服装的女子脸色晶莹，肤光如雪，清丽绝俗。

不过在工作期间搞男女关系，对我来说总有禁忌，我欣赏她有韩国女人的坚强，爬雪山时她为摄影组抬铁轨。韩国人习惯上是不喝茶的，她不知道从哪里找到铁观音，在休息时给我献上一杯。

一直保持着笑容，我从来没有听过她诉苦。由摄影师那里听说她是个寡妇，先生最初当编剧，一直跟随申相玉，后来申相玉让他当导演，第一部戏票房惨败，第二部也不卖钱，他自感不能报答申相玉的恩惠，自杀了。

"他从来没有打过我。样子长得和你很像。"一次在杀青宴上她喝了几杯，躺在我怀中说。

"你还年轻，没有男朋友吗？"我以日语问她，她是东京艺术学院毕业的。

"我的爱，枯干了。"她没哭。

我不知道怎么安慰她，拍拍她的肩算数。

后来我们又合作了多部戏，当年的雪岳山还是穷乡僻壤，并非今天的滑雪度假胜地。我们的食物只限于金渍煮汤泡饭，已经很久没吃过新鲜蔬菜，这女人有天晚上出去，第二天拿回几条青瓜给我。

"偷来的，当水果吧。"她说完，头也没回地走开。

其他工作人员看到了都取笑她，我也避免令她尴尬，之后见面谈的都是公事。

对数目字我的记忆力不好，但是现场中的一东一西我都能记得，有天拍到打伤男主角的戏，导演大喊："血浆呢？血浆呢？"

大家找来找去找不到，我记得是摆在河对面的树下，一下子淌水过河去拿，交到化妆师手里时，我才感到双脚已经麻痹了。

原来雪岳山融冰后的水是零下几十度，见我的脚发僵，她赶快替我脱掉鞋子，除了袜，拼命用手去搓我的双脚。

"不这样做，会生冻疮的。"她说完拉开毛线衣，把我的脚放进她丰满的胸口，我心中一荡，禁不住往她羞涩的脸望去。

韩国女人性情的刚烈，到处可见。在寻常中常看到她们骂架，有些还互相揪发厮打。在韩江旁边的沙滩上，从前还设有很多很大的秋千，女人穿着传统的大裙子在树上打，飞扬起来煞是好看。愈打愈剧烈，飞高也不怕，是男人不敢做的事。

从这个女人的眼神中，我看到无限的温柔。

一切发乎情止乎礼，我们再也没有身体上的接触，虽然大家都暗恋着对方，像一部婆婆妈妈的电影。

事经数年，一天，在香港的办公室中接到她的电话。

"还拍电影?"我问。

"不。我把储蓄用来开一家时装店，现在来香港办货，变成老板娘了。"

身份平等，再也不是上司下属，我冲到她的酒店，Yabo Yabo的叫声不绝。好在如今的旅馆墙壁，已不像从前那么薄，不会扰人清梦了。

一九六五那一年，市川昆导演了《东京奥林匹克》。作为电影学生，我们对那上升的大太阳叹为观止，都认为是纪录片的巅峰之作。

"你们还没看过德国的，别那么快下结论！"教授说，"这部片，是三十年前一九三六年的作品。"

带我们回到他的家，教授拿出他珍藏的十六毫米拷贝放映给我们看后，大家像被雷殛，一时说不出话来。

从来就不知道镜头是可以那么用的，将人类的肌肉运动拍得那么完美。场面的调度、无懈可击的剪接，让观众看得热血奔腾，融化在导演的魄力之中。

"那是什么人拍的？"我们第一个反应。

"莱妮·雷芬斯塔尔(Leni Riefenstahl)。"教授说。

从此，这个名字牢牢地记在脑海中。

后来在回顾展和电影节中陆陆续续地看过莱妮主演的几部片子，她不是一个大美人，也没有玛琳·黛德丽（Mariene Dietrich）的魅力。印象中，她是意志坚定、个性强烈的女人。

莱妮一九〇二年出生于柏林的一个小康家庭，幼时学舞，脚伤之后本来要去看医生的，但她经过《命运的山脉》（一九二四）的电影海报时，深深地被吸引，同一部戏看了又看，死死记住导演的名字亚诺·法兰克。

亚诺的片子都不在摄影棚拍，愈困难的环境他愈喜欢，一连串的爬山电影让德国观众疯狂。莱妮是一个为了达到目的不惜任何代价的女人，终于打动了亚诺，让她主演《神圣的山脉》（一九二六）。从这部片中，她学到滑雪、爬山、摄影和剪接。在深山之中，她是唯一一个女人，大家都很愿意教导她。

接着的几部片都与爬山有关，她已是一个专家，可赤足爬山，又能忍受零下数十度的寒冷。别人休息的时候，莱妮把制作过程记载下来在报章上发表，有时连明星宣传稿也自己动笔。这个过程中她更认识了不少知名的导演，从中学习。在雪崩和跳跃过山的镜头，莱妮从来不用替身，当年的观众看她卖命，好像今天看成龙一样。

到了一九三一年，她把当明星赚来的储蓄全部投资于她第一部导演的戏《蓝光》，从旧剧本中可以看到她的手稿：这场戏的日光从哪里升起，用什么镜头，景深有多少，全部记录得清清楚楚。

《蓝光》公映大获成功，得了不少奖。她一下子变为一个成名的导演、监制和剪接。在这个时候，她遇见了希特勒，改变了一生的命运。

那年代，莱妮的犹太人朋友已一个个离开德国，她见到希特勒时向他投诉。希特勒举起手来，大发雷霆："雷芬斯塔尔小姐，我尊敬你是一个很好的电影工作者，你很有才华，我不想影响你，我不能和你讨论犹太人的问题。"

但希特勒的纳粹党宣传片要拍摄时，还是找回莱妮。戈培尔反对。希特勒说："你们做宣传的人连一个拍纪录片拍得那么好的人都没听过，还做什么宣传？你反对，是不是因为她不是党员？或者因为她是一个女人？"

莱妮想推，结果希特勒只有下命令："我不想拍一部为宣传而宣传的片子，我的宣传人员不懂得这个道理。用你在《蓝光》的那种艺术手腕去拍好了，我相信你。"

最后，莱妮用了十八组摄影人员，搭了一百五十英尺的高架，拍了四十万英尺的菲林来完成《意志的胜利》。片中不拍军队，只有希特勒对年轻人的演说，抓住听者的反应，听时的气氛。一句旁白也没有，只靠戏剧性的剪接来感动观众，成为历史上最好的一部纪录片。但莱妮变为纳粹党一生的喉舌，印象磨消不了。

莱妮想回到她拍戏剧片的生涯，但战争令一切停止。一九四五年，她被联军抓去，财产和房子充公，后来曾经被当成疯子电疗。

战后，她面对一场又一场的官司：有人告她迫害吉卜赛人，抓他们当临时演员；有人伪造她和希特勒的性爱照片等等。莱妮生活得相当潦倒，直到一九五二年，政府才发还她的房子。

电影的制作计划一个个被拍成，其中海明威的《莪洲的绿山》让莱妮接触到这块土地。爱上了，自己又去了一次。汽车失事，差点送了性命。但是她拍的 Nuba 族是活生生的、族人的生死决斗，充满了原始的震撼。这都是因为她在那里住了八个多月，得到信任的成果。各位要是有机会看到这些照片，也会被照片的震撼力迫得喘不过气来。

当成一个成功的硬照摄影家，她也拍过很多歌星例如米克·贾格尔（Mick Jagger）的照片，但她最喜欢的，还是海底的珊瑚和鱼。

晚年，莱妮不停地滑雪和潜水，有次跌断了骨头，让她长远地痛苦下去，她也不在乎。一次又一次的手术，她勇于面对。在二〇〇〇年，她回到非洲去看 Nuba 族老朋友，但乘的直升机失事，摔断了手脚和肋骨。

恢复后，少爬山和滑雪，水还是照潜的，她已经是一个一百岁的人了。

二〇〇三年，她在一百零一岁时与世长辞。我写这篇文字纪念她，也记起她说过的一些话："我应该道歉吗？我会为生我下来的父母道歉，但是我不会因为我的电影道歉。《意志的胜利》赢了很多奖，我所有拍过的电影都得奖！"

莱妮也说过："我看到的是好的东西、美丽的东西，不是人生的丑陋和疾病。因为我热爱生命，我当然会表现出它的美来。"

怀念李翰祥（上）

当今出了很多邵氏电影的DVD，里面少不了李翰祥导演的片子，许多朋友看了《倾国倾城》，叹为观止。清宫片当年去不了外景，全部在厂棚中，拍得那么精细，是多深的功力！我聊聊关于李翰祥的二三事。

第一次听到李翰祥这个名字，是看了他首次导演的黑白片《雪里红》，时为一九五四年。戏里的人物个性鲜明，在困苦环境中挣扎，加上强烈的镜头调度和摄影，实在有别于一般婆婆妈妈、忽然唱起歌来的电影。

后来去了日本，看黑泽明导演的黑白片《在底层》，才知道剧本改编自俄国小说，李翰祥很受它的影响，片中处处可见黑泽明影子。

李翰祥出生于一九二六年，辽宁锦州人，曾在北京国立艺专绘画系修习西洋画。到了香港后当美工，什么事都做过。心中，他最喜欢的是当演员。表演的天分使他喜欢在现场教戏，明星们做不出的表情，李翰祥一定演给他们看。这下子可好，拍特写时镜头和演员的距离很近，只有站在他背后看，李翰祥的示范完全浪费掉了。

仔细观察才能捕捉李翰祥的表演，像岳华演他拍的《赚兰亭》一段戏，样子是演萧翼的岳华，但一举一动都是李翰祥。

《赚兰亭》这段戏也是由唐朝阎立本的一幅古画启发的，搞美术出身的李翰祥，将画中人物的扮相、衣着、发饰、家具等等，完全一模一样地重现。当今的香港导演之中，已少有这种功力了。

为什么那个年代的戏那么好看？每一个画面都有新的造型和意境嘛。这是因为导演们的文学根底都打得好，像陶秦、罗臻、秦剑，甚至张彻，都是饱读诗书的人，他们的形象由文字变出来。不像新一辈导演不看书，只看西片和 MTV，拍出来的当然是人家用过的第二代形象，永远有熟口熟面的感觉。

李翰祥是个书迷，尤其爱读《金瓶梅》和《聊斋志异》，前者让他拍出《金瓶双艳》，瓶儿被张开大腿绑在葡萄架上的那场戏，看得当年还是学生的文隽鼻血大喷，差点昏了过去。后者让他拍出《倩女幽魂》，没有特技，也能将那怪异的气氛完全带出来。层次之高，和重拍的差个十万八千里。

拍了第一部戏之后，李翰祥平步青云，然后有《马路天使》《水仙》《黄花闺女》《窈窕淑女》《移花接木》《春光无限好》

《丹凤街》《红菱儿》《全家福》《杀人的情书》《给我一个吻》《妙手回春》等等。从片名就可看出种类之多，任何题材一到他手上都可变成一出好戏。

直到一九五八年底的《貂蝉》，李翰祥才真正成为所谓的大导演，票房的成功，令电影大亨邵逸夫先生对他极有信心。当年内地首次开放，让黄梅调的片子在境外公映，李翰祥对这种新发现的戏曲感觉敏锐，即刻向邵先生建议拍《江山美人》。这部戏在一九五九年公映，得到空前的卖座纪录，《扮皇帝》那首曲子，至今还有很多人唱。

之后，李翰祥转变戏路，拍了《儿女英雄传》《杨贵妃》《王昭君》《一毛钱》等片子。一九六〇年的《后门》是专为得奖而拍的，而《武则天》则得到法国戛纳特别奖。

顺带一提，《杨贵妃》本来想和日本东宝公司合作，日本版由沟口健二导演，最终没谈成。我去过东宝总公司的办事处，看到有关杨贵妃的参考资料，满满的一橱柜。

我从新加坡路经香港，由顾文宗先生带去邵氏片厂走走，职员餐厅里穿着古装的女主角穿梭，身后带了几个白衫黑裤梳长辫的顺德用人，好不威风。在那里也见过李翰祥，气焰非凡，有些老导演走过向他打招呼，李翰祥不瞅不睬。

到了一九六三年，这是李翰祥生涯中最高峰的时期，导演了《梁山伯与祝英台》。

拍《梁》片的动机也是来自内地的一部黄梅调电影，它的制作成本低，但演员们的唱功一流。李翰祥重拍这部戏时有大量的资金支持，在邹文怀和何冠昌先生的游说下，大胆地起用当年还是寂寂无名、只拍过福建语片的凌波反串男主角，公映后轰动了整个东南亚。台湾首次接触黄梅调，观众更如痴如醉，有个人看过一百三十几遍。

在第二届的金马奖影展中，片子得奖是当然的事，但是凌波反串的梁山伯到底是封给最佳男主角还是女主角呢？男主角也好，女主角也好，要是不得奖的话，即刻引起暴动，如果你没有目睹当年观众的狂热，是不会相信的。

谈起《梁》片，有个小插曲，最后坟墓爆炸，男女主角化为蝴蝶的戏要靠特技，当年只能在日本拍。我是邵氏驻日本的经理，也兼当翻译，带了李翰祥和摄影师西本正一起从东京出发，在京都的东宝片厂拍摄此场戏。

片厂中有一个自动贩卖拉面的机器，投个银角，纸碗掉下，里面有干面，继而注汤，即可进食。午饭时，李翰祥对着这个巨大的机器，就是不相信，认为里面一定藏着一个人，跑到机器后面看了又看，最后还是研究不出端倪。

怀念李翰祥（中）

拍了《梁山伯与祝英台》之后，李翰祥简直是呼风唤雨的天之骄子。这时，他不管与邵氏有没有合约，独自跑到台湾去闯他的新天地。

邵氏和他打官司，但是英国法律鞭长莫及，动不到身在台湾的他。李翰祥用了大堆头明星拍《七仙女》，邵氏不甘示弱，也拍同名同戏，把十个摄影棚都搭了同一部戏的布景，由几个导演轮流赶出，一方面又在法庭申请禁制令，令李翰祥受到第一次的挫折。

一部片的失败并不代表一切，李翰祥继续拍他的戏，组成"国联"公司，五年内出品了二十多部电影，并起用了不少人才，像宋存寿、张曾泽等，从而加速台湾影业的发展。他自己导演了《状元及第》《冬暖》《富贵花开》等片子。拖垮"国联"的是《西施》，重用新人江青，调动台湾士兵拍摄，一意要拍到千军万马的战争场面，但片子上映，票房一塌糊涂。

拍《西施》时，李翰祥在中国电影史上第一次发行股票，让群众当老板，许多看了《梁山伯与祝英台》的国民党老兵都购买了，结果亏了一生储蓄。但愿者上钩，也不完全是李翰祥的错。

电影大亨的理想幻灭后，李翰祥还是留在台湾，为"国营"电影公司拍了《扬子江风云》《鬼狐外传》《八十七神仙壁》等片子，其中甄珍主演的《缇萦》最成功。又在《喜怒哀乐》中，与胡金铨、李行、白景瑞等一起导演，一人拍一段。李翰祥拍的"喜"，成绩最佳。

但这也是李翰祥人生中最低沉和经济最差的时期，他已在台湾站不住脚，回到香港来了。

没有什么大制片公司肯支持他，李翰祥最拿手的是无中生有，东凑西凑地用几个小故事拍独立制片的《骗术奇谈》（一九七一），卖座一好，他追击，拍了《骗术大观》。香港人最喜欢看赌和骗的戏，李翰祥"骗"了他们的戏票。

拍这两部戏时，制作费减至最低。李翰祥一生培养的不少演员，这时都是大明星，拍拍膊头，大家都乐意帮个忙，象征性地收了一个红包当片酬。

最记得的一场戏，是理发店徒弟学功夫，师傅拿一个西瓜出来让他剃，一到午餐时他把剃刀往西瓜上一插，吃饭去也。徒弟真正为客人剃头时，到了中饭，也照做了。这与骗术无关，是李翰祥在北京时道听途说得来的灵感。反正他想到什么拍什么，无拘无束，这是一个懂得说故事的导演才能做到的事。当今导演，说故事的本领一般并不高。

李翰祥的复活，令邵逸夫先生对他重新感兴趣，邀请他一起吃饭。两个老敌人见面，一笑泯千仇。话虽然这么说，主动的还是邵先生，他爱才如命，为了拍好片子，过去的一切仇恨都能忘记。李翰祥出卖过他，对抗过他，但他不介意，这不是其他人所能做到的。

李翰祥提出拍《大军阀》，由谁来演呢？当年许冠文在电视上的《双星报喜》极受欢迎，李翰祥要用他，其他人都反对，那个极具现代感的演员岂能扮演一个清末的人物？李翰祥说，什么人一到他手上，都有把握拍得像样儿。

《大军阀》在一九七二年顺利开拍，当时我从海外被调回来当制片经理，有麻烦事我就要上阵，片子闹出乱子来。

怎么一回事儿？女配角之一的狄娜拍一场戏，李翰祥要她露出一个屁股来。狄娜说这事前没有告诉过她。李翰祥说这个形象是从西洋的采臣名画得来，不穿衣服的女人躺在沙发上，只见裸背，回头微笑。他说意境很高，人家几百年前已经画了出来，当今是什么年代？

狄娜把自己关在化妆室中，哭着不出来，摄影棚中上百个演职员在等待，问题怎么解决？

我硬着头皮跑去敲门，狄娜红着眼听我要讲些什么。我只有说："你不拍这场戏当然有你的理由，我费多少唇舌也说服不了你，但是职责所在，我非来不可。人家问起，你就说我来过，尽了我的力叫你拍就是。其他的你自己做决定，我走了。"

大概狄娜看我这个小伙子说得可怜，也就乖乖地走进片厂，把这场戏拍了。出 DVD 时，请各位记得看。

片子公映，赚个满。跟着的一连串李翰祥导演的戏《牛鬼蛇神》《骗术奇中奇》《北地脂胭》《一乐也》《港澳传奇》，部部都卖钱。

在半岛酒店大堂喝下午茶时，一个身材高挑、皮肤洁白、大眼睛的女子走过，李翰祥眼睛一亮，即刻请她当《声色犬马》的女主角。白小曼光芒四射，又肯脱衣服，被誉为最有前途的艳星，不料电影上映未几即自杀身亡。

后来几部风月片中，李翰祥找不到又漂亮又大胆的新鲜演员，也厌恶整天在片厂搭布景，他和我一起到韩国去，采用那边的宫廷当背景，又挑选了年轻美貌的韩国明星李海淑当女主角。这部戏岳华也有份演出，我们到达当晚一起去小店吃活生生的八爪鱼，嘴里给它的爪吸住的故事就在当时发生。

李翰祥一到汉城，关于拍摄的什么事都不谈，就先钻到专门卖古董的安国洞区去，这里选那里择，走过了一间又一间。我年轻气盛，骂道："这么不负责的导演哪里找？"

那时还不知道，李翰祥对古董的着迷，是那么厉害的。

怀
念
李
翰
祥
(下)

　　李翰祥的家，就是邵氏片厂对面那排两层楼的房子，叫作"松园"，狄龙买在他隔壁。

　　走进"松园"，堆满明式家具和清朝杯杯碟碟，连走路的地方也没有，比摩罗街的古董店还杂。古董并不每件都是真的。李翰祥和我在曼谷拍外景时，故态复萌，一下飞机就去找古董。他俨如专家，一看到什么红色陶瓷，即说出它的历史和产地，真假跑不出他双眼。高价买了一两件，便捧到酒店，愈看愈不对，叫我拿去古董店换回现金，我说哪有这种蠢事！

　　在他家里众多的字画中，有一幅小小一尺见方的，是齐白石的画，我认为是齐老一生代表作。画中顶上不留白，用毛笔扫了几下，底部完全空。仔细一看，才知道是一群小鱼争吃水面上的浮萍，题款是齐白石送给徐悲鸿的，不是得意之作不会送给同行的大师。可惜这幅画已不知所向，要是贪心的话，请他转让，也许他会出手。李翰祥知道我学篆刻，送给了我一箱古印，尽出历代名家之手，但后来拿给冯老师一看，即知是后人所仿。

古董堆中，藏着一个 Movieora 剪片机，当年私人拥有，李翰祥还是导演中的第一个。片子拍得过长，入场次数减少，影响收入。邵先生叫剪接大师姜兴隆缩短，李翰祥反对，但导演始终要折服给片商，修剪的工作就由我到李翰祥家进行。我跟随姜兴隆多年，也学到一点东西，李翰祥听我说得有理，也就下台阶地和我一起把整场戏拿掉。

工作至夜，李太太张翠英留我吃晚饭，李家的菜一向在电影圈中有名，许多佳肴，现在想起来，没有吃过更好的。

饭局中张翠英说给我听："有一年穷得不知道怎么过，除夕晚上借了一笔钱，在家等着还给债主，李翰祥那个家伙竟然拿来买古董！"

张翠英本身也是位演员，以泼辣见称，没有当过主角，但是演技出众，留给人深刻印象。和张翠英结婚之前，李翰祥有过一妻，生女儿李燕萍，也在片厂负责服装工作，我们在宿舍里常一起打台湾牌，在她口中也常听到一些李家往事。

住台湾的时候，李翰祥和女主角闹绯闻，张翠英一气之下，在众人集合在家里时忽然赤条条地走出来，这件事有人看过，千真万确，可见张翠英个性之刚烈。她一生服侍李翰祥，有谁和丈夫作对，即刻伸出尖爪来，是位了不起的女人。

在邵氏的那几年中，李翰祥有一次心脏病发作，差点死掉。

邵逸夫先生一听，即刻送他到美国西埃山专科医院治疗，一切费用由公司付。开刀后的李翰祥，救回一命，但价值观完全改变，说话不算数，认为每一天都是赚回来的，所有的东西都是别人欠他的。他大鱼大肉，继续放纵自己。

李翰祥有恋脚狂，一向为小脚着迷，小脚在他的片子中三番五次出现，尤其是当女主角做爱时，更喜欢描写她们的脚吊在蚊帐上。

有一次和他到泰国出外景，拍完戏后到一家"无手餐厅"（No Hand Restaurant）去吃残废餐，由女人喂着进食，自己不必动手。一走进去，有个大金鱼缸，里面几十个佳丽，李翰祥看到一个面貌娟好的女子，就订了她。饭后跟入酒店房，忽然女的大叫，原来是李翰祥赶她走。问原因，李翰祥说："那么一双大脚，脚趾又像葵扇一样打开，恐怖到极点！"

拍《倾国倾城》时，重用台湾新人萧瑶当女主角，男的是狄龙和姜大卫，分别扮皇帝和小太监。周围的人都在冷笑："两个武打明星，也会演戏吗？"但是在李翰祥的指导之下，两位演员的成绩斐然，内心表演俱佳，粉碎一般人的偏见。

戏里演郑孝胥的，是张瑛，为粤语片红牌，所主演片子无数。粤语片变残，张瑛生活困苦，迫得出来卖保险，再也没机会踏入影坛，但李翰祥一选角就想到他，是张瑛的背景和年龄均适合演这个角色之故。

我在片厂的餐厅遇到张瑛独自一人喝茶，上去和他聊两句。

与这群老牌明星谈天，乐事也。张瑛告诉我："当了那么多年小生，现在才知道什么叫演技，都是李导演让我开的窍。"

《倾国倾城》拍完后再开续集《瀛台泣血》，还有《捉奸趣事》《洞房艳史》《拈花惹草》《骗财骗色》《风花雪月》《乾隆皇下江南》《金玉良缘红楼梦》等片子，后来离开，独立制片。

在邵氏时，推荐了台湾认识的资深记者许家孝来当宣传主任。许家孝之后转职《东方日报》副刊总编，鼓励李翰祥写回忆录。他在龙门阵副刊版上的《三十年细说从头》，以专栏形式的短篇写了几年，结集成书，是了解李翰祥一生的好参考。但自传总是夸耀自己，李翰祥的另一面是看不到的。

李翰祥说故事的技巧高，就不注重电影手法了。为了显示宫廷的巨大，他爱用广角镜，以为什么东西都拍得下来就好，处处变了形也不管。独立制片时期为了节省时间，也不铺车轨了。凡是要强调的镜头都是 zoom 来 zoom 去，这种低劣的过期手法，内地开放后导演们一看，惊为天人，纷纷模仿，反而贬低了镜头稳重的胡金铨，实在不该。

对李翰祥印象最深的是他的戏瘾，有时忍不住在别人片中客串一下，拍了《秀才遇到兵》《运财童子小财富》等片。

李翰祥几年前逝世，已不记得是何时何日。怀念着他，以为他还是活着，没有死去。

今晚重看一部叫 *Indiscreet* 的 DVD，是友人卓允中从纽约寄来给我的，想起一些关于男主角加利·格兰(Cary Grant) 的琐碎事。

永远忘不了他的风流倜傥，衣着极有品位，谈吐充满幽默感，那头整齐的灰白头发，和他永垂不朽的名作《金玉盟》(*An Affair to Remember*)。

对于他的生平，一般观众了解得并不多，只知他是希区柯克的爱将，当过四部电影的男主角。传说他在拍《捉贼记》(*To Catch A Thief*) 时爱上格丽丝·凯利。后来摩洛哥皇室每年开的大型派对格兰都参加，就引起了他一直暗恋着皇妃的谣传，当他为情圣。

格兰在一九八六年去世，享年八十二岁。人死了，就有很多推测，相传詹姆斯·邦德是同性恋，有人也说格兰有断袖之癖。他年轻时曾和牛仔片明星 Randolph Scott 同住在一起，所以对合作过的众多美女完全没有兴趣。但他结过五次婚，如果他真的是同性恋，那么像洛克·哈逊一样娶一个老婆当幌子就够，何必搞那么多麻烦？

说他和戏中的女主角没有绯闻也不对。在一九五七年拍 *The Pride and The Passion* 时，就迷恋上索菲亚·罗兰，但她对他没好感。格兰还穷追猛打，指定要她当一九五八年拍的 *House Boat* 的花旦，罗兰在拍摄现场宣布要嫁给制片卡路·庞地，才让他死了这条心。

到底现实生活中，格兰是不是和他在银幕上那么潇洒呢？我们可以在他五个老婆中看得出。

第一任妻子叫 Virginia Cherrill，叫名字也许你想不起是谁，她就是卓别林的《城市之光》里面那个盲目的卖花女。格兰和她在一九三五年结婚，那时他是一个从英国移民到纽约挣扎中的演员，妒忌心极重，常打老婆。这段婚姻持续不到几个月就结束了。

第二任妻子 Barbara Hutton 是个亿万富婆。格兰娶她目的为何，我们当然不知道，但芭芭拉婚前和他签过一张不分家产的条约，显然对他有戒心。格兰没有得到什么财富，但这段时间内吃的穿的，绝不担心。在一九四二到一九四五年的三年之内，她教会了格兰上流社会的一切礼仪行止，把出身穷困的格兰琢磨成一个衣着极有品位的人。

第三任妻子 Betsy Drake 是个漂亮的女演员，但没有红过，从一九四九到一九六二年，婚姻维持得很久。她本身有内涵，喜欢旅行和研究心理学，极能忍受格兰的花天酒地，直到给自己演的 *House Boat* 角色被丈夫抢去送给别人，才向他提出离婚。格兰外表乐观，其实是一个精神不稳定的人，常不忘记过去的阴影。她推荐用 LSD 的治疗法来打开格兰黑暗的内心，又用催眠法帮助他戒掉抽了几十年的香烟。格兰在他的自述中证实了这些事，也经常提到服食 LSD 的好处。

第四任妻子 Dyan Cannon 也是个貌美的影星，比他年轻三十多岁，为格兰生了唯一的一个女儿。三年后离婚，在法庭上不断地有赡养费的诉讼，但她说过："我可以证实格兰不是同性恋，在生前如果有人那么指控他，一定被他告个破产。格兰现在已在坟墓中不能反击，我到死的那天也会为他反击到底。"

第五任妻子 Barbara Harris 是忘年之交的圈外人，格兰把他一生学到的东西都教了给她。她一直服侍格兰，到他死去那一天。两人的生活中格兰是相当霸道的，他去世当天正在做"今夜和格兰共渡"的巡回演出，忽然感到不舒服，老婆要把他送医院，却被他喝止。后来医生说要是早点治疗，也许会救回一命。

加利·格兰于一九〇四年一月十八日生于英国，本名叫 Archibald Alexander Leach，一九四二年归入美籍后才改成 Cary Grant。他有六英尺一英寸高，一生共拍了七十二部电影。

早期的戏不提也罢，格兰只是一个油腔滑调的小生，直到一九四一年拍了希区柯克的 *Suspicion* 才显得突出。到了五十一岁时希区柯克找他拍《捉贼记》（一九五五），加上翌年的《金玉盟》，才真正奠定了一代小生的名号。后来的戏也有卖座的，但商业失败居多，正想退出影坛时，希区柯克又找他拍 *North by Northwest*，来年的 *Operation Petticoat* 又卖个满堂红，才打消这个念头。

一九六三年和奥特丽·夏萍主演 *Charade* 时，他已近六十岁了，还是那副英俊潇洒相。男人是堪老的，上帝对他不薄。

最后一部电影叫 *Walk, Don't Run*，全片在东京出外景，说外国佬在城市中找不到酒店的故事，票房惨败。

和格兰合作过的美女无数，从老牌的 Mariene Dietrich、Jean Harlon、Joan Fontaine、Katharine Hepburn，到 Doris Day、Ingrid Bergman、Deborah Kerr 等等。这些女人，难道都没被他倾倒吗？

加利·格兰的自传 *Archie Leach* 写了很多赞美自己的事。所有的自传不也都是这样吗？但有一件在闲聊中透露的事，是他每逢在餐厅吃完饭后，一定详细地检查每一张账单。会玩的男人就会吃，会吃的话就会找自己相熟的食肆，也不必看账。女人对这种行为是倒胃的，这也许是那些大明星没有爱上格兰的原因。

《骗经》

最近在新闻里看到少女被骗，做出"车震"行为，滑稽得很，连政府也拍了如何不受骗的宣传片。

想起明朝有一本书，张应俞所写，大概少人看过，叫《骗经》。

《骗经》原名《江湖奇闻——杜骗新书》，共四卷，分二十四类，如"脱剥骗""引赌骗""引嫖骗"，共八十四则关于骗人的故事。书中所写，皆由作者亲自搜集得来，全部是真人真事。

这证明中国人自古以来都是喜欢骗人和容易受骗的，什么假鸡蛋、假奶粉，只不过是旧酒新瓶，将老祖宗的技巧重新包装而已。

这本书文字浅白，比《聊斋志异》更易读，情节也既有香艳，亦具诙谐，总之是娱乐十足。

故事中的尔虞我诈固已无甚稀奇，能吸引人看下去，全凭作者讲述的能力。

作者张应俞最爱赌博，结果一如天下赌徒，被人骗得一清二白，连妻子也被人抢走。于是下定决心，搜罗天下骗人之技，再加油添醋，写得绘影绘声，希望借此警醒世人。书一出版，便被人抢购一空。骗子被他揭穿了手段，打破了饭碗，便联合起来找他晦气，将他杀了埋尸荒野，《骗经》从此绝迹，很多年后，有人找到孤本，传于世，成为了畅销书。

其实，关于作者的故事，也是骗人的。这本书可以在网上找到，一看着迷，想买一册纸本书回来拿着看，找遍内地和香港的书店也寻不到。

各位有兴趣，可以登录一个名为"维基文库"的网站，再搜到书名，便可找到。

李参

这次来到韩国拍外景，全靠观光局大力支持，要什么有什么，有求必应，真是感谢韩国人的好意。

从前认识的局长如今成为国会议员，换了一位新的，没见过面，不知是怎么样的一个人。到达当地，局长请吃饭，前来的是一位英俊的外国人，身高两米以上，似曾相识。

"猜对了。"他说，"你在电视剧中看过我。"

怪不得那么面熟，今届局长是德国籍，但已归化为韩国人，取了一个韩国名字，叫李参，英文改为 Lee Charm。Charm 英文即吸引人的意思，他果然魅力十足。

李参最初经商，三十多年前在韩国定居下来后，偶尔也当演员作乐。

能够让一位外籍人士来当观光局局长，也表示出当今韩国政府思想的开放。李参说："用一个外国人的眼光来看整个观光事业，可以有更多的角度，不限制在韩国本土。"

李参爱美食，和我一见如故，大谈世界各地的佳肴。听过我做的暴暴茶，李参说自己也开发了一款产品，是最高级的辣椒粉，装在一个像香水的瓶子中，叫作" Kochill"，遇上什么酒和食物，都会拿出来喷一喷，弄得大家都很开心。他就是那么一个可爱的人物，人见人爱。

韩国观光局做事，一向全力以赴。我相信，韩国观光局在他领导之下，又将有另一番新面貌。

这回在韩国拍摄,除了姚佳雯和颜子菲两位女主持之外,还加了一位韩国美女,叫金载恩。

有人问我:"为什么选中她?"

"理由很简单。"我说,"大家都说韩国女人漂亮是漂亮,但都是整容的。我四十年前初到韩国时,经济还是力求上游的年代,哪儿有钱去做手术?但看到的还是美女居多。金载恩就是一个没有整容的活生生的例子。"

另一个原因,是金载恩不但样子好看,而且说得一口标准的汉语,甚为难得,她在香港的工作,是在领事馆当翻译。

两位女主持和金载恩的关系也处得很好,闲时问她韩语这个说什么,那个说什么,尤其是姚佳雯,学得很快。金载恩虽会说汉语,但粤语还是不灵光,大家都搏命教她讲广东话。

"有人问你姓金,是哪一个金?你就说打镬甘。"姚佳雯说。

粤语中，金和甘同音，打镬甘，是代表打一大顿的意思。

"那么给我，韩语怎么说?"男工作人员问她。

" Chuseyo。"她回答

" Kiss Chuseyo。"男的都打趣，说给我一个吻吧。

金载恩即学即用:"打你一镬甘。"

金载恩又精力旺盛，一天工作十多小时，休息时还带大家跑到东大门去吃街边小贩档。副导演说你吃得那么多，胖死你。她又说打你一镬甘，从此花名叫打镬金。

花名

我们这一组人，混熟了，大家都有一个花名，除了导演较为威严，大家不敢为他取一个之外。主持姚佳雯，取前面两个字，以粤语发音，为"油鸡"。另一位颜子菲，大家都叫她"银子飞"。摄影师精灵，叫"古惑仔"。录音师皮肤黝黑，叫"印度人"。副导演无饭不欢，本来应该叫"饭桶"的，但他样子可爱，就称为"饭饭"。

饭饭什么都可以不吃，但不可没白饭，在台湾拍外景时，一人要吃三四个便当才够。到了日本，米饭最香，吃个不停。大家坐下来吃一餐，也要半个小时左右吧，又吃饭又夹菜，时间花多一点，但是饭饭除了饭之外，什么都不吃，三十分钟时间，就是猛吞白饭，别人说什么也不理。

在韩国，早餐预备在二十楼的商务套房那一层，自助餐，什么面包皆齐全，就是没有白饭，他吃不饱，肚子咕咕作响。

看他辛苦，翌日改在一楼普通客人的早餐地点，有面包有饭，给他盛了一大碗，足足有一般三碗的分量，他一下子扫光，伸出碗来，又添了两回，补前一天的不足。

韩国米，不逊日本的，粒大又香，本来不应该让他饿坏的，偏偏是抵达那晚，被主人请去吃最高级的精致新派菜，厨房准备的饭不多，但菜一道道出，吃足三小时，也令他空肚三个钟。

收工已晚，来不及到别的食肆，在便利店停下。他一个箭步，冲到即食米饭部，拿了几包冷冻的白饭，放进微波炉叮一叮，就那么大嚼起来，看样子，非娶个白米进口商的女儿做老婆不行。

大家团圆。

当然记得小时候在家过年，那种围炉的气氛是温暖的。

中国人所谓无后为大的恶俗，搞到世界人口膨胀。我们没有孩子，但到现在，也从来没有后悔过，尤其看到周围一些为子女债而悲哀的父母，更是偷偷地笑个不停。

自小行走江湖，独来独往，过年过节，最不喜欢被人家请去做客，非常不自在。像我们这种人不少，就集合了，一起到外国去过年。

这十几二十年来，我们这些人已组织了一个大家庭，每回都去泡温泉，大吃大喝，胡闹一番，那种气氛，也不逊一家大小的团聚。

本来今年太忙，不准备出旅行团的，但怎能辜负众人的好意，还是抽空举办。

机票像海鲜价，加上日币高企，一个旅行团能赚多少，有数可算，但已不是盈利的问题，大家一起欢乐，已经满足。

　　去的是日本的福井县。这个新旅游点在电视节目中已介绍过，风景漂亮，东西好吃。外面大雪纷飞，我们在车中和室内一点也不觉得寒冷。住最高级的旅店，每间房都有自己的私人露天风吕，任随浸多少回温泉都行。

　　吃的是福井县肥美的膏蟹，抵达那餐，更是又鲍鱼又河豚又甜虾的刺身，还有几顿 A 五级的肥牛，相信是人生中最豪华的饮食经验。

　　有一个意外的惊喜，那就是带大家去配一副好眼镜。福井县以做眼镜闻名于世，到那里去验眼是最准确的，而到了我们这种年纪，一副好眼镜，是一种祝福。

懒瞓猫

　　广东话中，睡觉叫作瞓觉，睡得不愿醒的，称之为懒瞓。我这次到福井县去拍外景，就撞见这么一只猫，拍了下来，同事把这段片子放在 YouTube 上，题目写着"当蔡澜遇上懒瞓猫"，借粤语，很多人觉得很"火"。这回可真火了，已有十万以上的人看过。

　　黄永玉先生曾经送过我一幅画，是一只猫，样子像一个酒瓶，四脚盘身，尾巴伸直，有如樽口。他怕我不相信猫可以做成这个姿势，还拍了一张真猫同样子的照片给我参照。

　　这回一看，又是一只酒瓶猫，可爱得不得了，忍不得去搔它的痒，但不管我怎么样，这只懒瞓猫都不肯醒来。

　　第一个反应：是不是死了？

　　死了可不是开玩笑的，怎么可以用死猫来作乐？

　　它动了一下。

还好，还好，没有死。

没死就要继续玩。

用双手去抓它的双手，非把它拉起来。

懒瞓猫当然是因为好吃懒做而肥胖的，这么肥胖的猫，连我都抱不起。

双手抱不起，就去提它的双脚，当然也提不起了，我真笨。

抱不起，就当它是酒桶去滚吧，差点儿就滚得动了，哪知它伸了一只脚，钉在地上，当成锚。

有点不忍心了，别再去骚扰它了，这时猫的主人跑出来，说不要紧，你继续玩吧。

好，是你说的，我不负责任。

想起来了，猫的日本名字叫 Neko，而 Ne 字取自 Neru，是"睡觉"的意思，ko 当然是"子"的意思，即是"睡觉之子"，当然是懒瞓猫了。

猫，还是活在福井那个无忧无虑的地方，最幸福。但愿长眠不愿醒，我也做只懒瞓猫去了。

韩
国
擦
背

在"芳泉"温泉旅馆五楼的大浴室中,看到有韩国女子擦背的服务,趁大家去游览时,请了个假,独自去享受享受。

所谓女子,是位中年妇人,看到了甚放心,要是来一个年轻的,技不如人,只会打打飞机,那就没趣了。

女擦背师身穿制服,要我先泡一泡温泉,身体温暖,才不会着凉。接着铺了几条毛巾,叫我躺在沙发床上,开始擦背。

和扬州师傅用毛巾包着手,像一把刀那样刮老泥的方法不同,她用的是一把刷子,把我身体的每一个部位擦擦,不干净不收费似的,用力甚猛,擦不惯背的人,是忍受不了的。

最后涂肥皂、冲水,以为就那么完毕,原来才刚刚开始。

这时她用海藻做的浴液,涂全身,然后按摩各个穴位,柔滑之极,舒服之极。人是仰着躺的,没有面对着床那么辛苦,但背要怎么按摩?原来她双手伸进去,又搓又捏,这种快感,也不是每天都能感觉到的。

揉完再冲水，这时她为我洗完脸，取出一张高丽人参的面膜盖上，这种东西是女人的玩意儿，有点儿娘娘腔，但既来之则安之，也给它铺上。

在等高丽人参吸入面孔时，她用牛奶为我再全身按摩一次，最后铺上热毛巾，一张又一张，把我包得像一颗粽子。

又在毛巾上用热水加温，这时仔细洗头，说用的是什么高级护发膏，总之舒服就是，哪管有没有用。不知过了多少时间，擦背完毕，为我擦干全身，她自己全身反而被汗水浸湿。

好舒服的韩国擦背，没试过的人真可惜。

购物（上）

　　过年，非犒赏自己不可，买一些礼物送人，也送一些礼物给自己。

　　近来爱上吃苹果，到处找最甜的，发现还是日本的最佳，记得认清是 Sun Fuji 的品种，又甜又脆。在公路的休息站中出售，一包四颗巨大的，卖五百日元。在最高级的水果店"千匹屋"也能找到，得卖一千零五十日元，合一百块港币一颗了。那吃的只是心理，其实味道和便宜的差不了多少。

　　在福井的物产店中，买到最甜的柿饼。上回去乡下找到的是煮了之后，剥了皮，再用烟熏过，然后日晒三十天完成的。这回买的是树上熟透摘下的，柔软无比，吃进口，有如广东人所说"唻唻是蜜"。

　　店里还卖一种叫"Egoma"的，黑色，有如鱼子酱的种子，可以炒了磨碎，当成芝麻来吃，防止动脉硬化，对高血压有疗效。真是活到一百岁还有新事物，也买了一包送给自己试试。

　　最过瘾的莫过于吃番薯了，福井县的特别甜美，大家都买了一大箱。我只是免费试吃，反正店里很大方，烤了之后切片，热腾腾地摆着，吃完又烤，不停地拿出来，就不必买了。旅馆老板听说我们喜欢，又煨了一大堆，送到我们房间当消夜。

　　见到的萝卜，竟然是红色的，而且红得像血，非常鲜艳。从前在法国菜市场见过黑色萝卜，想不到也有这么红的，也买了一大根抱回来，足足有两公斤重，才两百日元。

　　最快乐的是看到各种蔬菜的种子，各样都来一包。在盆中种下葱籽，长大后剪下，切成葱末，炊一碗白饭，挖一个洞，放进小鱼干，淋一点酱油，加自己种的葱，满足也。

购
物
（
下
）

在大阪心斋桥购物街上，有一家叫"西川"的被单店，开了一百多年，非常有信用。利马生产的驼羊毛，在世界上除了卖给 Loro Piana，另一家就是西川，用来做被单。

驼羊毛的被，一盖之后便会上瘾，那么薄的一张，盖了在寒冷的冬天会出汗的。西川也卖最高级的绒毛被，那是西伯利亚雪鹅颈项的绒做的，名副其实轻若鸿毛，不知道要多少只的毛才能集成一张。这回也买了，但不贪心要厚的，薄的就行，不然盖后全身发烫。

到了东京，如果想找一些罕见的礼物，最好到日本桥的"三越"老店去，那里的八楼，一向摆着各类有品位的货物。

找到了一个盘子，最合我心意。最近大家吃饭，喜欢把所有食物放在一个盘中，捧到电视机前，一面看连续剧一面吃。那个盘，每天都会用到，非用一个看了赏心悦目的不可。

这回发现的是津轻地方做的漆盘，这里的漆器最为精细，黑底，蓝色的表面，涂得发亮，喜欢得不得了，高兴极了。

　　另外有个杯，样子像是银打的，但外表浅蓝色，也有浅红、黑色和银色的，漂亮得不得了。里面装着几块冰，已融化了一半，店员说是早上开店时放的，现在已到傍晚，还能看到冰，真是厉害。

　　用什么做的？原来为世上最坚硬又最轻巧的金属：锑。杯子有两层，里面真空，放了热水也不会烫手，冰亦不融，一拿上手，轻得不能令人置信。

　　到底是不是那么有用？管那么多干什么，自己喜欢就是，不问价钱，即刻买了。这回给自己的礼物，可让我开心一整年。

乌鱼子

日本有三大珍味，那就是云丹（海胆）、撰子（海参的卵巢）和唐墨（乌鱼子）。

乌鱼子，顾名思义，是乌鱼（Mullet），也叫鲱鲵鲣的鱼卵（Roe）。英文的 Roe，雄性鱼类的精子是 Soft Roe；雌性较硬，故叫作 Hard Roe。

英雄所见略同吧。东西方交界的土耳其人也喜欢吃乌鱼子。传到欧洲，乌鱼子是法国、意大利老饕的最高级食品，只在出名的店里才有得出售。一小块三十欧元，合两百多港币。

其实在日本卖得更贵，乌鱼给他们拖网捕捉，差点绝了种，很熟路的人才能买到。购入时也得小心，那家发明假螃蟹的公司已推出混合乌鱼子，用贱价的银雪鱼子或明太鱼子扮乌鱼子，做得很像样，一下子就上当。不过在日本，一分钱一分货，太便宜的乌鱼子，绝对别碰。

台湾现在也到处能看到乌鱼子，一饼饼像一双迷你日本八字拖鞋。从前盛产乌鱼，但后来也是拖网拖到绝种，现在的乌鱼子是从墨西哥等南美国家进口的，味道已逊色。

乌鱼子的处理方法是拿日本清酒抹干净，放在火上烤，外层略焦，里面还是很柔软的状态，最可口。

日本人之所以叫它为唐墨（Karasumi），是因为乌鱼子饼的样子像中国传过去的墨。通常是非字形那么横切或切成细片来吃的，这是家里的吃法，可以切得比较多片。

再切同样大小的生萝卜，一片乌鱼子，一片萝卜，就那么吃将起来，香得不得了。

从前我们去的台北的酒家，吃法就不同了，不是家里那种片法，而是像潮州人片响螺那样把刀摆平来片，片出来的乌鱼子有手掌般大，吃起来才豪华过瘾。在酒家之中，比起其他消费，算是便宜的了。

最初接触乌鱼子，并不知道是什么东西，台湾女友拿来送礼，我一闻有股腥味，就放在一边不去碰它。过了一些时候，外面发了一层白色的霉，扔进垃圾桶丢掉，实在暴殄天物。其实那层霉可以用白兰地等烈酒抹掉，之后照样可以吃的。

没有烤鱼工具时，一般会用一个平底锅，下点油，煎他一煎，但是煎得过熟时，乌鱼子的中间也发黄了，就不好吃了，咬起来硬邦邦的，香味尽失。

还有一个同学更傻，收到了乌鱼子礼物，拿去煲汤，完蛋了。

其实香港人也吃乌鱼子的，现在在流浮山的干货摊中还能看到。不过香港乌鱼子很小，手指头般大，晒得很干。

买了拿到餐厅，叫师傅炮制，他抓了一把放进锅中炸，上桌时也有一阵香味，但和日本、中国台湾的大乌鱼子一比，有天渊之别。当然，价钱也差得很远。

在土耳其旅行时看到的乌鱼子，用蜜蜡封住，比台湾卖的大许多。最初不能确定是不是，即刻买下，拿到餐厅用刀子切开，一阵香味扑鼻。对路了，对路了。告诉自己。

问当地人怎么吃？要不要烤一烤或煎一煎呢？他们说乌鱼子已晒干，可以就那么吃，不必加工。

切了一片放进口，果然是当年在台湾酒家吃到的味道，中间软油油的膏状鱼卵，吃了有点黏牙，但香味久久不散，实在是天下绝品。第一个吃乌鱼子的人，伟大得很。怎么想到的？应该给他一个奖状。

好吃的东西必须拿出来和大家分享。我切了几片给摄影队的工作人员，众人吃后大赞不已，说下次经过一定要通知他们买。

休息时到一家海鲜餐厅，门口的柜台上摆着好多片乌鱼子，工作人员看了大喜，迫不及待地买下，请侍者切来吃。

上桌，大家放进口，味道有点怪，又将渣吐了出来："怎么和蔡先生买的不同？"

一看，原来厨子就那么把乌鱼子切成一片一片，外面封着的蜡也没有除掉，大家连蜡也吃进口了。

我不知道天下还有什么地方的人吃乌鱼子，以我的经验，吃过了日本的、中国台湾和香港的、澳大利亚的和土耳其的之外，最最高级，也是味道最好、卵最软熟的是希腊的乌鱼子，一流。

坐在希腊小岛的海边茶座中，来一碟乌鱼子，再来一杯当地的土炮 Ozuo，不羡仙矣。

Ozuo 这种酒，和土耳其的 Rika 一脉相承，主要以大茴香制成，所以在希腊喝 Ozuo、吃乌鱼子时想起土耳其。

到巴黎去，在最高级的食材店 Fauchoh 看见一条条 Mars 朱古力般大的东西，认定是封了蜜蜡的乌鱼子，一问才知道是从希腊进口的。

"和什么酒一块吃最佳？"问店员。

他回答："当然是 Pernod，要不然的话，Ricard 也行。"

原来这两种牌子的酒，都是用大茴香为原料。Ozuo 是透明的，但 Rika、Pernod 和 Ricard 都是棕色的，有如白兰地。不过这些酒有一种特性，一掺了水就变成乳白色，和消毒药的 Dettol 相同，喝不惯的人觉得味道和消毒水一样难以入口。

但是，它就那么奇怪，和乌鱼子配合得天衣无缝，下次你试试看吧。

谢谢上帝，让我们吃到乌鱼子。

蟹颂

　　或许你不喜欢吃牛肉，但是很少有人不爱吃螃蟹。

　　那么古怪的动物，不知道是哪个人最先鼓起勇气去试。今人的话，应该授他诺贝尔奖。螃蟹，真是好吃。

　　我们最常见的，就是所谓的青蟹，分膏蟹和肉蟹，两个种类一年四季都能吃得到。

　　小时的记忆，是吃生的。妈妈是烹调高手，她父亲教的是把膏蟹洗净，斩开，拍碎钳壳之后浸在盐水和酱油之中。早上浸，晚上就可以拿来吃。上桌之前撒花生碎和白醋，吃得全家人念念不忘，尤其是壳中之膏，又香又甜。现在即使再做，也怕污染，不敢生吃了。

　　所以去了日本，看他们吃螃蟹刺身，也不足为奇。日本人只选最新鲜的松叶蟹吃。松叶蟹外形和松树一点也拉不上关系，是活生生去壳，拆了大蟹的脚，用利刃一刀刀地把肉切开，然后放进冰水之中，身还连在一起，但外层散开，有如松叶，故称之。没有多少大师傅的刀功是那么细的，退休的"银座"总厨佐藤，叫他切松叶蟹，他就做不来。在冰水中泡开之后，再拿喷火器烧一烧，略焦，更像松叶，少有人尝过此等美味。

最普通的做法，也是最好吃的，就是清蒸了。蒸多久才熟？那要看你炉子的火够不够猛。先蒸个十分钟，太熟或太生，以后调节时间就是。做菜不是什么高科技，永远要相信熟能生巧。

但蒸完螃蟹要使它更精彩，倒有个窍门，那就是自己炸些猪油淋上去，绝对完美。

我常教人的螃蟹做法很简单，是向艇家学的盐焗蟹。用一个铁锅，怕黏底的话可铺一层锡纸，将蟹盖朝上放到锅里，撒满粗盐，中火烧之，等到螃蟹的香味传来，就可以打开锅盖取出，去掉内脏之后就那么吃，永不会失败。

螃蟹当然是原只下锅的，麻烦的步骤在于洗蟹，但也可以用一种美国制造喷牙缝的 Water-Pik 冲之。水力很猛，任何污泥都能洗净，缺点在于要插电。现在乐声牌出的是充电式的手提 EW175 Dentalbeat，方便得多了。

生焗太过残忍，螃蟹挣扎，钳脚尽脱也不是办法，故得让它一瞬间安乐而死。方法是用支日本尖筷，在螃蟹的第三对和第四对脚之间的软膜处，一插即入，穿心而过。反正被我们这些所谓的老饕吃了，生命有所贡献，也不是太罪过，善哉善哉。

餐厅的油爆，都是干炸的美化名词。油炸的蟹又干又瘪，鲜味尽失。避风塘炒蟹都是先油爆，非我所喜。把螃蟹斩件之后就那么生炒可也。勤力翻之，即达目的。南洋式的胡椒炒蟹，秘诀在于用牛油。

对泰国的咖喱蟹也没什么兴趣，蟹味给香料淹没。真正的咖喱蟹出自印度的嬉皮圣地果阿，当地人把螃蟹蒸熟拆肉，再用咖喱炒至糊状，又香又辣，可下白饭三大碗。

螃蟹种类数之不尽，最巨大的是阿拉斯加蟹，只吃蟹脚，蟹身弃之。多肉，但味淡。此蟹只适宜烧烤，烧后蟹的香味入肉，方有吃头。

同样的大蟹是澳大利亚的皇帝蟹，同样无味。在悉尼拍饮食特辑时本来要求来个十只八只，观众看了才会哇的一声叫出，但当天供应给我们拍摄的餐厅小气，只给了两只。前一晚苦思一夜，想出一个较特别的做法，那就是把其中一只的蟹盖拿来当锅，放在火炉上，注入矿泉水。再把两只螃蟹的肉挖出，剁成蟹丸，待水滚，放进去，一颗颗红色蟹丸熟了浮上，才产生一点视觉效果。

说到蟹味，大闸蟹当然是无可匹敌的。最肥美的大闸蟹都供应给香港的"天香楼"。1949 年后没得吃，上海人大声叫苦，只有韩老板有勇气亲自北上购买，不惜工本，乘火车运回，成为打开"大闸蟹之路"的先驱。至今内地还是给面子，留最好的给他，并供应最好的花雕陪衬。

大闸蟹其实并不一定吃热的，有的人说蟹冷了就腥，我则常吃冻的大闸蟹，吃蟹不吃它的蟹腥，吃来干鸟？古人李渔说"蒸而熟之，贮以冰盘"，就是冻着吃的好证据。

不过黄油蟹当道时，又有另外一番风味。黄油蟹其实是感冒发烧蟹，病得把膏逼到脚尖上，全身油黄。如果脱一只脚，蒸时油就会从洞中流出来，用冰水先把它冻死再蒸，可又不是蒸桑拿，一冷一热怎会好吃？还是用我上述的杀蟹法为佳，可用菜心梗把洞塞之。

澳门的𫚉仔也是蟹中之宝，味道不同，不能和大闸蟹或黄油蟹相比，各有各的好处。用苦瓜来焖𫚉仔，是最出色的煮法。

从前潮州人穷，任何东西都腌制来送粥，连小小的螃蜞也不放过。小螃蜞形状有如迷你大闸蟹，同样有膏，一点一滴挖出来做菜，就是礼云子，用来炒蛋，无上美好。

泰国的青木瓜沙拉宋丹，也要放一只小螃蜞去"搭秤"才够味，没有螃蜞，就像太监。

一生所食螃蟹无数，终于有一日在示范做菜时，被螃蟹"咬"了两口。为什么说两口？我们以为被蟹钳钳住，就像剪刀一样剪过，其实不然，要被它"咬"过才知。原来蟹之"咬"人，是用蟹钳最尖端的部位上下一钳，我的手指即穿二洞，血流如注，痛入心肺。唯有保持冷静，用毛巾包住蟹身，出力一扭，断掉蟹钳，再请人把钳子左右掰开，方逃过一劫。

今后杀蟹，再无罪过之感。大家扯个平手，不相互怨恨也。

有一阵子酒喝多了，生厌，停了一阵儿，现在又重投旧情人怀抱，要求更多，比从前的酒量厉害。

在饭前逛酒吧，要了一杯"曼哈顿"（Manhattan），这是我人生第一次接触鸡尾酒，此情不渝。

初学调酒，依足书上所写：两份（二盎司）美国威士忌波奔（Bourbon），一份甜苦艾酒（Sweet Vermouth）和一滴安格斯特拉苦酒（Angostura Bitter）——南美洲出产的一种芳香树皮浸出来的调味品。

放进一个搅拌玻璃容器中，加大块的冰，铁匙拌他一拌，即刻倒入一个六盎司的口圆底尖鸡尾酒杯，放进一粒红颜色的樱桃，大功告成。

这杯琥珀色的酒，美丽得很，加上甜苦艾也容易入口，正感有点辛辣时又有那颗樱桃来调节，淑女也会即刻爱上。威士忌性强，绅士们喝得过瘾，多几杯也会醉，故无娘娘腔的感觉，是杯完美的鸡尾酒。

喝曼哈顿是向纽约人致敬，一面向那边的老饕学习，一面自己努力，多年来的研究，已能调出一杯请纽约客喝，也颇像样的酒来。

首先是波奔的选择，一般人认识的只有几个牌子，像 Jim Bean、Jack Daniel 等，一用上 Wild Turkey 已算是专家，更进一步，会接触到 Maker's Mark。

其实，只出一种酒的 Martin Mills 很醇，Jefferson's 也好。另一名牌 I. W. Harper 的总统贮藏（President's Reserve）是顶尖的。

苦艾酒（Vermouth）只能用意大利的 Martini and Ross，这公司出的苦艾分甜的（Sweet）和干的（Dry），前者深红，后者纯白，不可混淆。

Angostura Bitter 非常偏门，只有一家公司生产，不会搞错。

至于樱桃，太小的或无核的都不正宗，一定要用连核带枝的 Maraschino Cherry。烛光晚餐中，对方不喝酒，来杯曼哈顿，先把樱桃由枝部拿出来献给她。绝对不能喝光了鸡尾酒才问人要不要吃，太呕心。别小看那么小的樱桃上沾的不够一滴的酒，感觉上也可醉人。

玻璃杯太小，酒倒得太满令人不安。杯子太薄也有寒酸气，最好用名牌玻璃厂出的六盎司大水晶鸡尾酒杯。

自己调配的话，可以不依传统的配方，原来的曼哈顿到底太甜而不够强烈。波奔可以加到二点五盎司，甜苦艾减至一点五盎司。

绝对不可用摇器（Shaker）去混，放进调酒器（Strainer）中，加几块大块的冰，以防冰融而冲淡，用搅棒拌一下即刻倒入杯中，再加樱桃。

Angostura Bitter 也需技巧，用小樽的，往调酒器中一冲，即刻收手。酒吧为了省钱，喜用大樽的。口大，一冲太多，香味过浓也不好。

这时，你已经调了一杯完美的曼哈顿。

到底是谁发明的呢？

传说是纽约的曼哈顿俱乐部中的一个酒保为丘吉尔夫人做的。她不是首相的老婆，而是他妈妈，时在一八七四年。

另一说是食评家 Carol Truax 的爸爸首创。谁都好，没正式记录，也不必去研究。

曼哈顿的另一个叫法是甜马天尼（Sweet Martini），和干马天尼（Dry Martini）是相对的。前者用甜苦艾酒，后者用干苦艾酒。两种酒都是在纽约的酒吧中最流行的。

喝干马天尼的杯子和曼哈顿用的一样。传统调配分量也和曼哈顿相同，但以两份的占酒代替波奔，一份的干苦艾，也是在调酒器中拌一拌冰倒入杯，放进杯中的不是樱桃，而是一粒绿色的橄榄。占酒已够香了，所以不必再添什么 Angostura Bitter 之类的香料。

占酒为最普通的英国 Beefeater，也有很多人用 Gordon's Gin。自认为专家的人很喜欢用 Tanqueray 牌的占酒，他们到了酒吧，不说来一杯 Dry Martini，而是说米一杯 Tanqueray。

其实，最纯的占酒，应该是荷兰产的 Bols，荷兰人叫占内芙，传到英国才变成占酒。

但当今被公认为最佳占酒的是 Bombay Sapphire，英国产，和印度孟买无关。你在酒吧中向酒保说要 Bombay Sapphire，绝对会受尊敬。

至于干苦艾，则用与甜苦艾同公司生产的就行。最后下的橄榄要粒大、坚硬和有核的。中间包着樱桃，软绵绵的是邪道。

空肚子灌上三两杯干马天尼很容易醉，人就轻松快乐起来。为了增强这种快感，当然把干苦艾酒的分量愈减低愈好。

所以叫这杯鸡尾酒时，通常向酒保说要很干（very dry）。干是什么？很多人还弄不懂。内地也拼命用这名词，什么干葡萄酒、干啤酒等。其实干是一种感觉罢了，喝进口酒的感觉到了喉咙即走，不会黏黏的一直流到肠胃中。所以当你说要很干时，只是表达你要尽量少苦艾酒而已。

这时，酒保会把苦艾倒入调酒器中，加几块冰，把苦艾倒掉，只留在冰上那么一丁丁，就是很干了。

至于天下最干最干的马天尼是怎么弄出来的？这是我最爱说的笑话，现在回放：那是只喝纯占酒，用眼睛望一望架子上的干苦艾罢了。

绝灭中国饮食文化的罪魁祸首

从福建回来，最失望的是没有吃到真正的福建炒面和薄饼。这两种最地道的小食，反而在中国台湾和南洋一带保存，当地只有在家庭中才做得好。为什么呢？

"炒面和薄饼能卖得了几个钱？"当地友人说，"大餐厅里做这种东西，早就执笠了。"

"小贩摊中也吃不到呀！"我抱怨。

"都流行卖美式快餐和台式珍珠奶茶了，当地人并不欣赏本地食物，认为老土。"他说。

同样的经验，在山东也试过。山东再也吃不到像鞋子那么大的山东大包，说什么现在的人胃口没那么大，都缩小了。也没见过炸酱面，真正的炸酱面的酱又黑又漆，现在的人说看了怕怕。

到了江南，所有的菜都不正宗。

"让我吃一顿真正的上海菜吧！"我说。

"老上海菜有什么好吃？"港人朋友说，"又油又咸又甜。"

"我就要吃大肥、大咸、大甜的！"我抗议。

友人瞪了我一眼，再不搭腔。

绝灭中国菜的罪魁祸首，第一个就是现在的人注意的"健康"。怕油怕咸怕甜，这不敢要那不敢吃，精神就出毛病。而精神上的毛病，往往影响到肉体上的毛病，现代人的毛病，是医不好的。

"当年的人吃猪油，是因为他们营养不够，所以吃了也不要紧，现在不同了嘛。"国内的人说。

有钱就怕肥，如今的趋向是开健身房、吃减肥药了。中国经济增长每年七八个百分点，是世界各地的人羡慕不已的。在广东，酒楼的生意滔滔，挤满了客人，这种现象只有在香港"九七"之前看得到。

人民的钱哪里来的？很多人问这个问题。国家统计局所做的公开报告是这样的：我国富人主要有九类：一是企业承包制，一批敢于承担风险的人走上"先富起来"的道路；二是国家落实各项政策而产生的补偿金所惠及的一批人；三是国家鼓励私人经济发展，"下海"的人；四是国家实行生产、生活数据和贷款价格的"双轨制"，特殊群体因而享用了价差带来的九千亿财富；五是最早涉足证券市场的人；六是房地产投资人；七是倒卖各种出口配额的人；八是影视、体育明星和作家；九是科技成果获益者。

为什么只有九项而不凑成十呢？当然有大家痛恨的贪官污吏。

这些人吃自己也好，开公款也好，总之到了餐厅就是吃、吃、吃，来最贵的，但不一定最好的。

所以香港菜就成为第二罪魁了。香港人领先吃的鲍参肚翅，又有游水海鲜，都是贵东西，才有钱赚。

各省餐厅，不管卖什么当地菜，一进门就看到一大排水箱，里面养着龙虾和各类石斑。前者来自澳大利亚，后者来自菲律宾。我组织旅行团去尝地道美食，客人看到了龙虾石斑，心中一定说我为什么不叫给他们吃。但是这种内地的新玩意儿，做得哪有香港师傅那么好？价钱又比香港贵，吃了还会骂娘呢。

但招呼生意伙伴和想拉关系的人，没有鲍鱼海鲜就是不给面子。有一次去北京，给当地官员请去一家所谓的港式海鲜馆，那几条鱼翅漂在汤上游泳，熬得稀巴烂的燕窝，炒得过老的龙虾，一埋单六万多元人民币一桌，主人面不改色。

也不完全是贵的，粤菜的清蒸和点心类的确比当地肥腻腻的东西清新得多。我去河南郑州，抵达时已是深夜，要吃点当地小食，招待我们的人说只有港式饮茶，我不相信。结果找遍全市，还真的只有港式饮茶，只有罢吃。

粤菜影响了整个国家，消灭了各地地道的大餐小食，是最令人痛心的事。

内地饮食文化在"文革"时有个断层，已是致命伤，再经过港式餐饮，现今一塌糊涂。

没有救药了吗？也不是。古人说会吃，也要有三代的背景。也许日后又有新局面，希望我能见到。

"我真想开个餐馆，卖我母亲做给我吃的菜，你说行吗？"福建友人问我。

我大力支持："从小做起，不要太大，慢慢扩张好了。我会来替你免费宣传。"

地道食物还是精彩的，只要有多少肉煲多少汤就是。生意一好就兑水，那一定失败。现在许多大餐厅就是那么做起来的，像杭州的"老张记"就是一个例子。当年上海人看死杭州菜，岂知他们做得又好又便宜，就那么平步青云了。

香港人最灵活，把原有的菜式复古，一定做得下去，毕竟好吃嘛，远远比过那些莫名其妙的快餐和豪华奢侈的鲍参肚翅。

我再三地呼吁，在保护濒临绝种动物之余，也要保护濒临绝种的好菜。香港作为罪魁祸首，也可以成为怀旧食物的堡垒，我们有几代的美食根基，也经过经济低迷的风浪，现在是我们带它走怀旧菜道路的时候了。

和小朋友聊天。她问："最近常看电视广告，有一个黑社会大佬被纸巾弄得满脸纸屑，非要用 Tempo 才满意，Tempo 是家美国公司吗？"

"不，德国公司。"我说。

"那么纸巾是他们发明的吗？"

"袋装的纸巾是他们做出来。"我说，"纸巾起初发明来给医院用，一次性，保持卫生。放进大盒子来卖的是美国人，叫作 Kleenex。如果你在美国生活过，就知道 Kleenex 是纸巾的代号。美国人说给我一张 Kleenex，就等于在说给我一张纸巾。"

"这家公司的宣传一定很厉害。"小朋友说。

"当然。他们在二十年代就请大明星珍妮露·海伦希斯做广告。有了电视之后，在长篇伦理悲剧里，女主角一哭就拉出一张纸巾擦鼻子，用的都是 Kleenex。"

"到底是什么公司？"小朋友问。

"叫 Kimberly-Clark。在一八七二年创立，一八九〇年开始卖 Scott 厕纸。生意愈做愈大，到一九一五年创造了女人缺少不了的 Kotex。"

"什么是 Kotex？"小朋友问。

"你还小，问你妈妈就知道。"

"Huggies 片我倒听过。"小朋友说。

"那也是这家公司出的，他们自己有森林供伐木造纸。第二次世界大战中，他们还做 M45 高射炮的炮座，大部分的炸弹导火线也由他们生产。"

"我最近还看了很多电视广告，最后打出 P&G 产品，起初还以为是什么质量管理，后来才知道是一个大机构，和 Kimberly-Clark 有没有关系？"

"关系倒没有，不过也是一家很厉害的公司。"

"生产些什么？除了洗发精之外。"

"SK Ⅱ 呀。"我说。

"什么？SK Ⅱ 也是 P&G？"

"SK Ⅱ 是 Max Factor 化妆品公司生产，而 Max Factor 是这个机构拥有的一百五十家公司之一。"

"P&G 是什么的缩写？"

"Procter & Gamble。"

"那么商标上的月亮和星星是怎么来的？"

"他们最早卖蜡烛，用星星做标志，月亮是当年流行的形象。在十九世纪八十年代，多数人还是文盲，是他们最早用图画来当商标的。"

"我的一些美国朋友说这个机构和魔鬼撒旦教有关系。"

"没有可能吧，相信是生意对手散播的谣言。"

"还有什么其他产品我认识的？"小朋友问。

"Camay 香皂你听过吧。Claiol 染发，Crest 牙膏，Head & Shoulders 洗发水等等。"

"其他化妆品呢？"

"Olay 也是他们的。"

"怪不得电视广告上还是用女名星在画面上讲个不停的方式。"小朋友说。

"琦琦的 SK Ⅱ 很成功。成功因素照抄，也没什么。美国式的广告都喜欢用一个人喋喋不休，我们这里才开始流行。"

"还有什么名牌？"

"Vidal Sassoon 也给他们买去了。"

"我想起来了。"小朋友叫了出来，"你说的 Kotex 是女人每个月要用的东西。"

"真聪明。"我说。

"那么 P & G 出不出这种东西？"

"也有呀！"

"叫什么？"

"叫 Tampax。"

"你怎么连这些东西也研究?"

"不是研究,"我说,"活得这么老了,听也听过。而且,从前当电影制片,有些女明星到了日本拍外景,需要用到,不好意思问别人,就跑来和我商量。"

"这种东西你也替她们买?"小朋友大叫。

"当制片的什么事都要做,工作人员越少越节省制作费,一个人身兼数职,没什么问题。买这种东西,是小事。"

"日本人用的是自己的品牌吧,叫什么?"

"叫安妮,"我说,"安妮的日子来了,就是那个意思,每个日本女人都知道。"

"当年还有什么趣事?"小朋友问。

"还流行一个用火柴棍儿砌成文字的游戏。"我说,"有一个男孩子,用火柴砌成 HOTEL,问他的女朋友去不去?女朋友动了三支火柴,拒绝了他。"

"如何动的?"小朋友追问。

"她把那个 H 改成一个 K,又把最后的那个 L 改为 X。"

小朋友大笑:"那不是 KOTEX 吗?"

热
冬

这次去北京，主要为中央电视台录一个农历新年节目，从初一到初七，每天播一集。

谈的还是饮食，其实讲来讲去，都是一些我发表过的内容，但电视台就是要求重复这个话题，并叫我烧六个菜助兴。

事前沟通过，我认为既然要示范，一定得做些又简单又不会失败的家常菜，太复杂的还是留给真正的餐厅大师傅去表演。

导演詹末小姐，我上次在青岛做满汉全席比赛的评判时曾合作过。大家决定第一天烧"大红袍"这道菜，其实和衣服、茶叶无关，只是盐焗蟹，取其形色及名字吉利。把螃蟹洗净放入铁锅，撒大把粗盐，盖上锅盖，焗至全红，香味四溢，即成。

第二道是妈妈教的菜——蔡家炒饭。

第三为龙井鸡。用一个深底锅，下面铺甘蔗，鸡全只，抹油盐放入，上面撒龙井，上盖，四十分钟后，鸡碧绿。

第四道煲江瑶柱和萝卜，加一小块瘦肉，煲个四十分钟，江瑶柱甜，萝卜也甜，没有失败的道理。

第五道为姜丝煎蛋，让坐月子的太太吃，充满爱心。

第六道编导要求与文学作品有关，红楼宴和水浒餐已先后出笼，故选了金庸先生《射雕英雄传》的"二十四桥明月夜"，是黄蓉骗洪七公武功时做的菜，要把豆腐酿在火腿里面。这道菜镛记的甘老板和我一起研究后做过，其实也不难，把火腿锯开，挖两个洞，填入豆腐后蒸个四五小时罢了。

一切准备好，开拍的那天还到北京的水产批发市场去买肥大的膏蟹及其他材料，然后进摄影棚。

化妆间内遇两位主持，一男一女。女的叫孙晓梅，多才多艺，拉得一手好小提琴。以前还看到她用英语唱京剧，人长得很漂亮。

男的叫大山，是个洋人。原来这位老兄还是个大腕，常在电视中表演相声，遇到的人都要求和他合照并索取签名。加拿大人的他，说得一口京片子，比我的汉语还要标准。

大山在节目中说他一年拜一个师父，去年拜的还是作对联的，今年要拜我作烧菜的师父。我说 OK，不过有个条件，那就是让我拜他作汉语老师。

大家都很专业，录像进行得快，本来预算三天的工作，两天就赶完了。

电视台安排我们住最近的旅馆，有香格里拉和世纪金源大饭店可供选择。他们说前者已旧了，不如改为后者吧，是新建的。我没住过，试试也好。

世纪金源大饭店位于海淀区板井路上，是个地产商开发的，附近都是他们盖的公寓。酒店本身也像一座座的住宅，和我上次住的王府井君悦一样，为弯弯的半月形建筑。房间和服务尽量想做到五星级的，但是脱不了一阵老土味，没有香格里拉的国际性。

补其不足的是地库有个所谓的不夜城，里面有很大的超市、夜总会、桑拿房、足底按摩房、迪斯科舞厅和各类商店，最主要的是有很多很多的特色餐厅，二十四小时营业。

我们抵达那天就第一时间去一家北京小店吃东西，看见一锅锅的羊骨头，肉不多，用香料煮得热辣辣地上桌。菜名叫羊蝎子，与蝎子无关，骨头翘起，像只蝎子的尾巴，故名之。

这锅羊肉实在吃得痛快，不过瘾，还要了白煮羊头、羊杂汤和炒羊肉等。来到北京不吃羊，怎说得过去。

当天晚上又去吃羊。在海淀区还有家出名的涮羊肉店，叫"鼎鼎香"，那里有像"满福楼"一样的生切羊腿，不经过雪藏，由内蒙古直接运到，肉质柔软无比，羊膻味恰好，连吃好几碟。又来甲羊卷，全肥的。最后试小羊肉，味道不够，但肉质更软细，吃得大乐。

第三天再跑去不夜城，选家湖北菜馆，本来想叫些别的，但菜单上的羊肉有种种不同的做法，忍不住又叫了一桌子羊。

节目录完，监制陈晓卿请我们到一家叫"西贝"的蒙古餐馆。地方很大，每间房都有自己的小厨房，称为什么什么家。我们去的那间，就叫蔡家。

蒙古人当然吃羊啦，羊鞍子是一条条的羊排骨，用手撕开来啃肉，味道奇佳。我看菜单上有烤小羊，要了一碟。陈晓卿脸上有点你吃不完的表情，但一碟子的羊肉那么多人吃，怎会吃不完？

一上桌才知道是一整只的小羊，烤得很香脆，照吃不误。接下来的，都是羊肉。

来北京之前听说这个冬天极冷，零下十五度。从机场走出，天回暖，是四五度吧？因为衣服穿得多，出了一身汗。酒店房间的暖气十足，关掉空调还是热，只有请服务员来打开窗子才睡得着。电视摄影棚灯光打得多，又热了起来，餐厅更热，全身发烫。

没有理由那么热吧？后来发现羊肉吃得多，热量从体内发出，在北京的这个冬天所流的汗，比在其他地方的夏天流得更多。

香妃

如果有一天，我下定了决心，把香烟完全戒掉的话，那么，我会一天到晚抽雪茄。

现在享受的雪茄，多数是好朋友送给我的，我自己很少购买。喜欢尝雪茄的人爱与人分享，他们有能力买到好雪茄，就有能力请客。而且，懂得欣赏雪茄的人，是生活很优雅的人，优雅的人，必然是大方的。

我对雪茄是门外汉，又与香烟的缘分未尽，偶尔抽一两支是愉快的，但因俗事缠身和为生活奔波，还没有资格停下来抽雪茄。

这些年来，被友人熏陶，加上自己的好奇心重，抽过多种牌子。到了做全职雪茄人的时候，我的选择又如何，可是一件有趣的事。

我这种程度的人，滋味是其次，我认为选雪茄首先要考虑外形。

又胖又矮的人当然抽短小精悍的 Robustos 了。胖子一个，但身材高大的，除了丘吉尔（Churchill）那种六又四分之三英寸到八英寸之巨型雪茄，不做他选。

矮子抽大雪茄，高佬抽细小的，都很滑稽。

像我这个身高六英尺，但又不是太胖的老头，抽 Cohiba 的 Panatelas 或者 Davidoff 的 No. 2 最适合。

买两家名厂 Davidoff 和 Cohiba 的都有点信心保证，等于买红酒就买 Lafite-Rothschild 和 Latour 一样，贵货嘛，差不到哪里去。

Davidoff 是最早进军国际市场的公司，在全球三十五个国家或地区出售，对雪茄质量的控制是一流的，做生意手腕也一流。当美国在一九六二年禁运古巴货的时候，他们从古巴进口烟叶，在瑞士日内瓦制造，与古巴的关系维持到一九八九年才结束。

从一九九〇年开始，Davidoff 的烟叶转移到多米尼加共和国种植，气候和品种与古巴无异，质量上淘汰的产品比通过的还多，又有那么多年的经验，应该不会走样。但是抽雪茄的人的心理总觉得古巴产的才是最好的，爱 Cohiba 多过爱 Davidoff，不过如果找到一根从二十年代到五十年代古巴产的 Davidoff，那简直是奇珍异宝，世上再也没有第二支可以代替了。

在 Davidoff 王国中，我们可以找到一切关于雪茄的专门产品，像剪雪茄器和烟灰盅等等。他们也生产自己的白兰地和领带，最

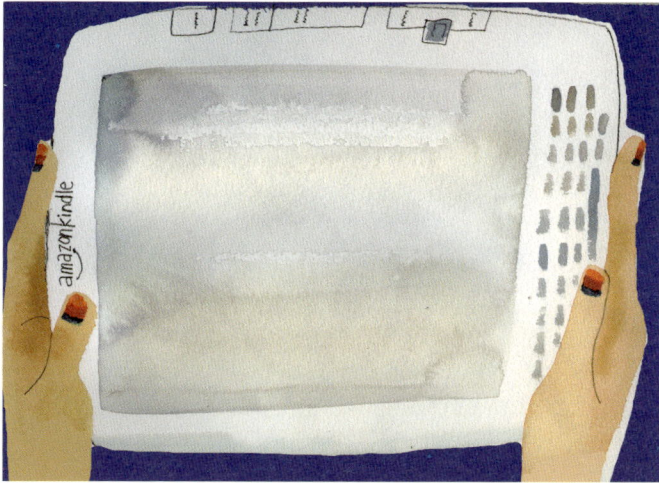

值得一提的是雪茄保湿盒。Davidoff 很有先见之明地在禁运之前引进大量的古巴香柏木，做成令人叹为观止的盒子，盒上的光漆和木头组合的胶水，都是精心炮制，一点异味也没有，否则就影响到雪茄了。香柏木散发的香味增添雪茄的醇熟，创造出另一种韵味，更是难得。我家的那个，在木盒表面上镶进一片完整的天然烟叶，光滑得天衣无缝，每次打开这个盒子，我都感到无限的欢乐，绝对物有所值。

人家一提起真正的古巴雪茄，都有一个遐想，那就是每根 Cohiba 皆由热情的少女在她们的大腿上搓出来的。这真是胡说八道，熟手的卷烟工至少需要几十年经验，年少无知的女人卷出来一定凹凸不平。在古巴，质量管理并不严格，但烟叶的原始味和强烈味却是不可抗拒的。抽古巴雪茄的话，与其买价贵的 Cohiba，我宁愿要便宜的 Punch。讲究排场的人不屑，但它的风味实在浓郁丰腴，"食"之不厌。

因为整支雪茄全部由烟叶制成，一点纸也没有，又不吸进肺，只在口中飘荡一番，然后吐出，所以非常健康高雅。在现在全球反吸烟运动进行得如火如荼的时候，雪茄反而流行起来，所有的五星级酒店内，如果不开一间雪茄专卖店就不高级。Davidoff 早在数十年前已在当年的丽晶酒店里开了一家分行，我最喜欢到店里流连，有时名贵的雪茄坏了，也拿去给他们修理。

是的，雪茄也有医院的。像给虫蛀了几个洞，表皮破裂，烟太干或潮湿，都可以在医院中治疗。修补的部分，也用同一牌子的烟叶处理，味道和样子都完整如新，不是专家分辨不出。香港从前在尖沙咀么地道还有一家老烟铺会修理，也以半价让熟客把痊愈的"病人"请回家，可惜现已关门，雪茄医院只剩下 Davidoff 的几家分店了。

外国的雪茄痴名人数之不清，以丘吉尔和爱因斯坦为首，弗洛伊德也钟爱，乔治·伯恩斯抽到一百岁才放下，马克思兄弟中的格鲁乔，雪茄、浓眉、胡髭是他的三个标志。女人抽雪茄的代表者为作家乔治·桑。

中国导演之中，我记得岳枫抽得很凶，罗维也不放下，张彻更抽得连牙齿都黑掉，他们都只爱古巴烟。

为表现权威，把雪茄朝天翘的行为最为可耻。这些人根本就有自卑感，我见过许多暴发户和公子哥儿摆这种姿态，最后失败的居多，切忌，切忌。也千万别像口交一样把雪茄含得湿淋淋，任何情况之下，都给人一种肮脏的感觉。

谈雪茄，再多篇幅也不够，在此暂停。如果有一天我把雪茄戒掉，那只有抽烟斗了。其实香烟、雪茄和烟斗都可以同时进行，大红灯笼高高挂，那多美好。

　　"你在日本住了八年，后来又常去。你认为日本料理之中，
最好吃的是什么？"小朋友问。

　　"天妇罗（Tenppura）。"我回答得斩钉截铁。

　　"什么？"小朋友惊奇，"炸虾罢了，有什么了不起？我们也
会炸。"

　　"最初我也那么认为。"我说，"吃了饭堂中那些面粉下得很
多、皮又硬又厚的炸虾，骂都来不及，还说是什么日本三大料理
之一呢。"

　　"其他两样是什么？"

　　"刺身和司盖阿盖。"

　　"鱼生吃了上瘾，司盖阿盖的牛肉也不错呀。为什么你选天
妇罗？"

　　"刺身把鱼切片，虽然大师傅的手艺高低不同，但始终不必

煮，不能称上'烹调'两个字。司盖阿盖全靠牛肉，肉质不好的话，吃起来像咬发泡胶。三样东西，天妇罗还是首选。"我说。

"我还是喜欢吃生的。"小朋友不服。

"天妇罗也要用活生生的材料才算数。"我解释，"别以为天妇罗只是炸，要把这个观念改掉。天妇罗的厨艺是把生的东西变为熟的，油的温度要控制得好，所以用的铁锅要很厚才能保持一定的温度。面粉点得很少，轻轻地在热油中带一带。吃时在客人面前铺一张纸，大师傅把天妇罗放在纸上，客人用筷子一夹，发现一滴油也不沾，才是真正的天妇罗。"

"哇!"小朋友叫出来，"你吃过这样的天妇罗?"

"一生之中也只吃过几次。常去的那家店的老头死了，现在他儿子做，纸上有两滴油。"

"天妇罗是百分之百的日本料理?"

"不。说法很多，其中之一是江户时代葡萄牙人到了长崎，才把这种煎炸的手艺传给他们。"

"为什么我在日本看到有些店不叫天妇罗，而写成天麸罗?香港的一家店还叫天扶罗呢?"

"相传是天竺来的浪人想做小生意，请一个很有名望的叫山东京传的人取名字。山东京传说，你是天竺浪人，取一个天字，麸是小麦粉的汉字，罗是很薄的意思，就叫天麸罗吧。其他还有很多说法，不必再研究了。"

"那个'妇'字又怎么来的?"

"日本人用汉字多数是取它的音，麸妇同音，扶也是，随他们怎么用，用惯就是。"

"吃的只是炸虾吗？"

"虾是主要的，大师傅把活虾剥壳炮制，虾头也炸了，给客人送酒。接着吃墨鱼片、一种叫小肌的鱼、虾肉酿冬菇等，还有很多叫初物的蔬菜。所谓初物，就是一年四季之中最先在市场出现的东西。用在怀石料理之中，从前是有身份的人才吃的。"

"虾只吃两尾？"

"先来两尾，叫其他东西之间，再来两尾，吃到最后，又来两尾，通常只吃六尾，也没什么明文规定。不过整顿天妇罗餐完结之前，一定来一大块圆形的东西，叫 Kakiage，是把小虾和柱贝等放进面粉里面拌成一团炸成的。大师傅听到你叫这样东西，就知道你已经饱了。"

"用的是什么油呢？"

"一般都是用上等的麻油，但是很考究的店铺会用山茶籽油。猪油是不用的。如果以他们的技术，再用猪油来代替，我想做出来的天妇罗会更香。"

"有没有一定的温度？"

"一百八十度是标准的，一百六十度炸出来的皮软绵绵，二百度的太干，又带焦味，不合格。现在天妇罗店都用电控制在一百八十度，差不到哪里去。毛病出在蘸的面粉的厚度，和是不是用游水海鲜。"

"用的是什么面粉呢？"

"各家店都不同，全靠经验，自己做的话可以到你去惯的餐厅，向大师傅讨一点。"

"你能推荐一家吗？"

"去'佐川'（Sagawa），地址是东京中央区新富町1-5-8，就在筑地鱼市场附近，电话：3551－3669，老板的名字也叫佐川。一定要叫你的日本友人先打电话去订位，说是我介绍来的，他才接客。但是订了位就要去，忽然有事失约的话，就拖累了我，连我也打入黑名单，以后去不了了。"

"哇！"小朋友咂舌，"那一定很贵！"

"每一个人两万日币，店里每晚做一轮生意罢了，也只可以坐八个人。"

"普通一点的呢？"

"去'天一'，在东京有很多分店，找总店才好吃。可以问酒店的服务部，这是间名店，大家都知道，现在地址和电话告诉你，你也不一定记得。'佐川'不同，问日本老饕也不一定懂。"

"更普通一点的天妇罗呢？"

"那就不叫天妇罗了。"

Grappa 并没有一个公认的中译名，不像白兰地或威士忌。为了避免将稿纸摆横写拉丁字母，我们暂时叫成"果乐葩"吧，直到有另一个更适当的译名出现。

果乐葩是制红白餐酒的副产品，将榨葡萄后的剩余物资，如葡萄皮、枝梗，甚至果核酿成一种身价最贱的酒，蒸馏之后强烈无比，最初是农民做来过酒瘾的东西，登不上大雅之堂。

邂逅果乐葩，是年轻时和意大利友人在树下吃四个钟头的午餐，在食用堆积如山的意粉和大鱼大肉之后，红酒已渐失味道。有个老头子从一个玻璃瓶中倒出一杯透明的液体要我尝尝，一入口简直是燃烧了喉咙，但那股强劲和香味令我毕生难忘，一见钟情地爱上了果乐葩。

后来一上意大利餐厅，即要果乐葩，不卖此酒的食肆绝对不正宗，在加州的新派健康意大利餐厅就找不到果乐葩。对于这种忘本的食肆，我感到异常的憎恶，永不涉足。

我把果乐葩叫作快乐饮品（Happy Drinks）。和白兰地相同，它是饭后酒，但与东方人喝白兰地一样，我是饭前、饭中、饭后都喝的。

最强的果乐葩有百分之八十六的酒精，空着肚子一喝，人即刻飘飘然，接着的食物特别好吃。一杯又一杯干掉，气氛融洽，语到喃喃时，什么题材都觉得好笑，嘻嘻哈哈一番，所以叫它快乐饮品。

当然其他烈酒也有这种效果，但是和意大利菜搭配，还是只有果乐葩。吃法国菜从头到尾饮白兰地不是不行，反正老子付钱，要怎么喝是我的事，但法国红酒过于诱人，可以到最后再碰白兰地。意大利红酒好的少，餐厅老板也不在乎你放肆。什么？你喜欢一来就喝果乐葩？好呀，喝吧，喝吧，我也来一杯。

香港有家很正宗的意大利餐厅叫 Da Domenico，海鲜蔬菜都一丝不苟地从罗马运到，那些头已发黑的虾，很不显眼，但一入口，即刻感到一阵又香又浓的味道，像地中海的风已经吹到。又灌了几口果乐葩，愈喝愈高兴，来一碟用橄榄油和大蒜爆香的小鱿鱼，再喝，不知不觉，一瓶果乐葩已剩半，大乐也。

近十多二十年，果乐葩再也不是贱酒，它渐渐受到世界老饕的欢迎，最有品位的酒吧也摆上几瓶，像一百年前白兰地和威士忌打进市场一样，果乐葩是当今最流行的烈酒，把伏特加和特奇拉挤到一边去了。

从前几美元一瓶的果乐葩，近来愈卖愈贵，选最好的葡萄，去掉肉，只剩皮来发酵蒸馏，瓶子又设计得美丽，已要卖几百美元一瓶了。

　　只有在意大利做的，才能叫果乐葩，和香槟、干邑等一样。而只用葡萄皮制成，才拥有这个名称，整颗葡萄造出来的，叫Acquavite d'uva。

　　虽然传统的制法是把枝梗和核也一块发酵，但现在制作果乐葩已放弃这些杂物，因为它们的涩味会影响酒质，所以只用葡萄皮，而且红葡萄比白葡萄好。葡萄皮压榨后的物质叫"渣粕"，渣粕在发酵过程中加水，在欧盟是禁止的，这是有法律规定的，严格得很。

　　发酵过的渣粕煮热，就能拿去挤汁后蒸馏，过程和蒸馏白兰地或威士忌一样，一次再一次，蒸到香醇为止。古老的方法是酿酒者喝上一口，往烈焰里喷，发出熊熊巨火的话，就大功告成，全靠经验。

　　不像其他佳酿，果乐葩只要储藏在木桶中六个月就可以拿来喝。但最少也要放个半年，这是法律规定。通常用的木桶由捷克的橡木制成，小的可以装两千公斤，大的装一万公斤。在储藏过程中，果乐葩产生一些甜味，但也有些将糖分完全去掉，我本人还是喜欢略带甜的。

　　种类至少有数千种，哪一瓶果乐葩最好呢？初饮的人会先被瓶子吸引，典型的有 Bottega 厂出产的 Grappolo，瓶子烧出一串透明的葡萄，漂亮得不得了。其他产品的瓶子也多数细细长长，玻璃的透明度很高，瓶嘴很小，用个小木塞塞住；也有圆形的，像个柚子。

喝果乐葩也有独特的酒杯，代表性的是 Bremer 厂生产的杯子，杯口像香槟杯又长又直，杯底则像白兰地杯般来个大肚子，杯柄和鸡尾酒杯一样细长。

果乐葩用不用在烹调上呢？真不常见。不如红酒或白兰地用得多，只加在甜品中。也有些意大利人在烤薄饼之前，拿把油漆刷在饼上扫上一层果乐葩，但大抵对此酒入迷的人才会这么做。

伏特加和占酒常在鸡尾酒中当酒底，以果乐葩代替这两种酒，也是新的调酒方式。

如果你问我哪一种果乐葩最好喝，我是答得出的，但不告诉你。喜欢果乐葩有一个过程，那就是每一个牌子都要亲自试一试，尝到最喜欢的那一种为止。像交女朋友一样，找到一个你爱上的，再去试新牌子好了。大红灯笼高高挂的多妻时代已经过去，好在烈酒还能拥有数种，甚至数十数百种，人生一乐。

如果不想长大变老，就要拥有玩具。

男人的玩具种类无穷，从金鱼、花草、模型火车到跑车、游艇、私人飞机等等，最普通的，还是一架照相机。

我的老友曾希邦兄，拥有多架名贵相机，称它们为太太，一一摩挲，但他反对电子的，始终一贯用菲林。各有所好，我对于新科技没有抗拒力，电子相机只要设计和功能突出的，都一一买下，不当它们是老婆，情人罢了。情人嘛，来来去去，可多可少，旧的新的都无所谓。

所有电子照相机之中，除了很专业的大型机之外，当玩具的，最佳产品是 Sony 的一系列相机。由最初生产 Cyber-Shot 的一百万像素买到 DSC-P5 的三百二十万像素，共用 Memory Stick，玩得不亦乐乎。

Cyber-Shot 虽小，但身体厚，拿在手上感觉过一阵子就嫌笨重了，并非理想。

同样是重，N50-CE，Carl Zeiss 的镜头还能旋转来自拍，像素已达四百万，又有数倍的变焦，带有很敏感的夜间摄影观察器，当然有闪光灯。这一来，那个 Cyber-Shot 就很原始了。

很久之前，读 Sony 的研究资料，知道他们正在开发一种更轻巧的相机，只有 Memory Stick 那么大，可真是天方夜谭。

Memory Stick 相机连镜头，是要靠电子手账 Clie 才能看到拍了些什么，我也买了。去外国旅行时欧美朋友看了惊叹不已。

但是能够感动我的，是真正的 Memory Stick 般大，又是独立拍摄的 Qualia 016 相机。现已面世，这次去日本，在银座的 Sony 大厦中看到。

Qualia 是一条新的生产线，生产高端产品，专卖店设在大厦的三楼。Sony 对这条生产线的标语是："感受到的话，人生变为丰富。"

016 这架相机的确给你这种感觉。

相机虽小，但是装在一个精致的长方形盒子里面，像一个 Walther P99 的手枪盒，又像大盗的工具箱和国际电子间谍的随身物。

银制手柄上有个小锁，打开一看，是那五脏俱全的相机和各种零件。中央是那只有两英寸半宽、一英寸高、半英寸厚的机身，金属黑色，轻巧得令人叹为观止。

镜头 f＝六点二毫米，相当于菲林相机的四十一毫米，光圈有令人意想不到的二点八之大，带有四倍的变焦。

那么小的机身，如果变焦还有个掣的话，就太过累赘了。变焦的控制机械设计成一条长线，在相机顶部，用手指感触这条线，还能控制 Setup、Mode Change、Select、Scroll、Status Monitoring 等功能。

全机只有一个快门钮，它会在不拍时自动关闭，一按掣就自动开启了。

最震撼的，是相机后面的观景器，八毫米菲林格子般大小，非常光亮清晰。要是你嫌观景器太小，零件中有一个 viewer，可让你放大来看。

其他零件，计有：一、镜头盖；二、镜头遮光罩；三、望远镜头；四、广角镜头；五、闪光灯；六、遥控器；七、Video Output Unit；八、电池；九、充电器。全世界电源都能插入。

体积已和 Memory Stick 那么小，所以改用了最新型的 Duo，只有旧式的一半，但也有一个适配器，一插入，就变为旧款 Memory Stick，可配合过期的 Sony 产品。

一张卡，低像素摄影可以拍几千张，高像素的也能拍百多张，足够了。也有连拍四张的功能。

相机重量：五十克。

可以说自从第二次世界大战生产了 Minox 相机之后，就没有看过比它更精彩、更高级的间谍相机，直到这架 Qualia 016 的出现。

店员客气地招呼。我说："令人最关心的，还是它到底有多少像素？"

"二百一十万。"他回答。

"现在已有五六百万了，它怎么这么少？"

"这种体积，有二百一十万，我们已是尽了力，不能再高了。"

"你们总是把新科技保留，最新产品一出厂，背后已经准备了一个更新的来卖，如果一下子出更高像素的话，是不是可以只换机身，不必整套再买呢？"

"机会很小。"他说，"更高的像素需要更大的机身和更大的镜头配合。Qualia 这条生产线和 Cyber-Shot 不同，一般的相机会一直增加像素来争取新顾客和与同行竞争，但 Qualia 是做来给人玩一辈子的。"

"好吧，给我一架！"

"没有现成的货，Qualia 是收了顾客的钱，才去制造的，需用时一个多月吧。还有一点，如果出故障，也只能拿到日本来修理，希望您了解。"

"多少钱？"

"三十八万日币，连消费税四十万左右。"

四十乘六点五，两万六港币。比起女人的玩具——钻石，不贵。

短刀

短刀深深地吸引着我，发亮的冷锋，鹿角手柄发出的热量，两者取得完美的平衡。

我对短刀的迷恋，也许是天生的，在娘胎时我已紧握着拳头，掌内是空的，但似乎是想握住一把短刀。

通常把刃一边钝一边利的叫作短刀（knife）。这是防御性的工具，在原始的树林中也可靠它维生。两边都利的，则叫作短剑或匕首（dagger），那是攻击性的玩意儿。Dagger 这个字，代表了刺杀、阴谋，我并不喜欢。

这么一个和平的人，怎会爱上短刀呢？我是不是心理变态？经常那么想。直到有一次和金庸先生去欧洲旅行，路经意大利米兰，女士们都去名店街买时装，我们两人在街角那家卖刀的专卖店歇脚，他大买特买，自称是短刀迷。那时候我才知道我是正常的。

从石器时代开始，人类就学会制造短刀，用石头凿成的遗物，现在在博物馆中可以看到。著名的美国考古学家 Errett Calla-han 也是位石刀爱好者，他常找石头制造仿古的石刀，很受爱斯基摩人尊敬。

　　另一位石刀专家叫 Dunny Clay，在佛罗里达的迪士尼乐园任职，闲时制造石头短刀，又用牛骨做成刀鞘，精美到极点。有时也用长毛象的化石制刀，极有收藏价值。

　　美国的短刀业最为发达，可能是西部开拓时代遗下的精神，很多折叠性的短刀，除了刀锋，还可以拉出几把锥子，用来清除塞在马蹄中的杂物。

　　所有制造枪械的工厂都出短刀，Reminsgton 厂的款式最多。Winchester 的线条优美。前者生产的 Barlow Knife 被誉为儿童的第一把刀，但大人也会喜欢。Colt 和 Smith & Wesson 也有许多产品。

　　但大量生产的短刀始终不能当成艺术品，这一行也有大师级人物，作品皆有个性，一看就知道出自谁之手。被称为摩登美国短刀工匠之父的是 William Scagel，对后人影响很大。

　　John Russell 做的短刀，刻着一个 R 字，中间穿了一支箭，很容易认出。内行人称他为爹（Daddy）。

　　名刀也不一定出自名工匠，大英雄用的刀，也能万古流芳。像侠客 Jim Bowie 叫人专为他做的短刀，很长很大，上面三分之一是钝的，其他部分磨利，而且尖锋翘起，令敌人不寒而栗。从此，这类型的刀，都叫 Bowie Knife。

当然，巨大的带锯齿的兰博刀也出了名，但兰博始终是虚构人物，Rambo Knife 并不受爱好者尊重。

生产最多短刀的厂叫 Bulk，美国人一提到短刀，都叫成 Bulk Knife。刀虽出名，但全无艺术价值可言，连传奇人物也拉不上关系。

小时有一把德国刀，柄上刻着人类创造的各种工具，非常喜欢。当年所有的货物，凡是德国的都是好的，日本的代表坏的。这把德国刀保留至今。爸爸送我的这把刀，后来我才知道是出自名厂 Wingen，他们生产的 Othello，当为餐刀一流。

Victorinox 的十字架牌子刀，没有什么人叫得出厂名，都以瑞士刀称之。一把刀中可以藏有数十种工具：剪、钻、尺、放大镜等等，数之不清，最近还加了激光瞄准器。成长中的男孩都想拥有一把。曾经有个笑话，一名妓女不要肉金专收瑞士刀，因为老了之后可换取大把男孩云云。

至于法国乡下人每人都有一把的是折叠的 Opinel 刀，刃上刻有一个皇冠和一只手的标志。木头柄，刃与柄之间有个铁环，旋转之后，可以防止不小心刀锋折叠伤到手。法国人吃长面包，都用它来切开。我们用刀，都是向外劈，欧洲人是向内切的。

拉丁美洲人最爱用的是蝴蝶刀，菲律宾人也是，手柄由相同的两部分钢铁组成，双手相对打开之后就露出刀锋，但用者喜欢一手抓着一边的柄，舞弄一番才合上，非常花巧。

跟着技术的进步，有许多带着几何形花纹的短刀出现，这是把钢线压扁之后磨成的结果。有的更是掺了钢和镍，打成又黑又白的刀锋，这种做法通称为 Damascus。

并不一定要实用，将刀锋和刀柄刻成艺术品的短刀，也有很多收藏者。纽约的珠宝商 Barrett-Smythe 专做这种货色。我有过一把 W-Osborne 打刀锋、R. Skaggs 刻刀柄的 Art Deco 型的刀，但在搬家时遗失了。

我办公室桌上有一把开信封刀，设计得最为简单，是把一支一边利一边钝的钢铁，中间一扭，前后皆可运用，是个得奖的作品，好处在于不能杀人。

最锋利的刀和永不生锈、永不磨损，又非常实用的是手术刀了，但样子奇丑，又不吉祥，不为我所好。

男人爱刀、收藏刀的心理，是想做一个永远长不大的孩子。这和女人喜欢洋娃娃一样吧？许多已经成熟的女人，看到她们的照片，床头还是摆满洋娃娃的。

男人和女人最大的不同，是前者收藏短刀，只用作观赏，杀伤力不大；而女人却时常把洋娃娃从中撕开，看看它藏着的是怎样的一颗心。

助手徐燕华是新加坡人，婚宴在那里举行。和她们一家飞去参加，下机后我先探其母，再由她父亲带到东海岸的"美芝伴大虾面"店去。

滂沱大雨，但铺外排了长龙，等了好久才有位坐，吃了一碗真正味道的虾面。什么叫真正味道？我的定义是小时候吃过的味道。比起来，较一般好的味道。

小食不是什么高科技，用心，用足料，用够时间煮，一定成功。问题在于你肯不肯花功夫罢了。

所谓虾面，一定要用虾壳和猪骨熬出很香浓的汤，这是基本的。这家人维持着这种水平，依足旧传统。上桌前加上猪油渣，桌上也有辣椒粉给你撒。生意滔滔是必然的。

地址：东海岸路三百七十号。

电话：6345-7196。

其他小食，大多数味道已经失真，是种悲哀。

像我当学生时吃过的印度小食，是一种把小虾蘸酱粉炸出，又有包面粉的鸡蛋、染得颜色漆红用水发过的鱿鱼等等，摆在摊前，客人自选爱吃的，小贩便拿去翻炸一下，再切片上桌。吃时点独特的酱料，天下美味也。

经那么数十年，我一见印度摊子就去叫，但是酱料永远那么难吃。

这回又去了三家，因赶时间，叫其中一档不必再炸，就那么切来吃就是。把染红的鱿鱼吃进口，即刻吐了出来。那个他妈的印度人，不拿泡开的鱿鱼给我，用的是生的。当然我不叫他翻炸是我的错，不过照道理也应该告诉我一声呀！

当今的小食，布满了每一个角落，新加坡已是举目皆"摊"了。那么多小食，那么多人当小贩，究竟有多少家能像"美芝伴大虾面"一样保持水平呢？经验告诉我，整个新加坡，伸出十指数一数，还有剩。

生活水平的提高是主要因素，社会进步，节奏快了，小食没那么多闲情去炮制了，就没从前那么好，细工出慢火，新加坡小食比不上吉隆坡，吉隆坡又比不上槟城。越过国境，到了曼谷，那里一个荷包蛋用木炭慢慢煎，煎得蛋白周围起泡，蛋黄还是软熟的，当然好吃。

怀念那失去的味道，小时候爱吃中国人的肉骨茶、酿豆腐、海南鸡饭、蝌蚪炒粿条、福建薄饼，马来人的沙爹、鱼饼（Otak-Otak）、炸豆腐（Tauhu Goreng）、淋面（Mfe Goreng）、马来米粉（Mee Siam），还有印度人的羊肉汤、印度炒面等等，都是一谈起来就引人垂涎的美食。

现在这些东西呢？还有，大把！

每个熟食中心都卖。做菜的通常是一群没有经验的人。有些人为了谋生，顶下一个摊，叫旧档主教他们几招，隔天就开张大吉了。

太年轻的不去说他，这群小贩中大有中年人，难道他们小时候没吃过一顿好的小食吗？那些味觉，要重现起来并不难呀！我不是说过并非高科技吗？失败了一次，再来，再失败，第三四回就是高手了，怎么不学？怎么不求进？活着和死人没有分别的一天一天过日子！

生活水平提高，对食物水平的需求也更高才对。这一点，大家只花功夫和金钱在冷气上，在装修上。有的吃就是，什么是好吃？不懂！这种现象，不只出现在新加坡，各个大城市也一样。

美食的消失，客人也要负一半的责任。大家为了健康，不吃猪油。可是这群家伙学洋人，到西餐店去，面包上一大块一大块的牛油照涂着吃，就不怕死了吗？

只要不是天天、每一顿都吃那么多的猪油，又怎么样了？任何东西只要不过量，总是没事。

大都会的人都没好东西吃吗？也不是。你到纽约、东京、巴黎去，好的小食档还是存在，但是你也得花时间去找。不但如此，还要排队。这些坚持水平的档子，老饕闻名而来。

像要吃真正味道的酿豆腐，那就得到珍珠坊中的"永祥兴"去，那里的酿豆腐为什么那么好吃？很简单，用大量的黄豆熬汤，汤一定甜。

嫌烦，时间又不凑巧的话，对面也有一档卖酿豆腐的，霓虹灯打着老字号，但卖的是拼命加冷水、水还未滚就盛给客人喝的汤。一个铁盘，假装把豆腐皮倒入汤中，其实是半盘的味精。

要吃真正的吗？到黄埔街市去吧！马来小食？如切路上的Glory不错。印度的，唉，不去谈它！

真正好的新加坡小食，除了那寥寥数家之外，再也没了。这次徐家和我去了好几个熟食中心，吃得杯盘狼藉，但一面吃一面骂，所有小贩卖的都是有其形无其味的东西。我们也照吃，是想找些回忆，但总是失望。但愿有一点理想的年轻人早日出现，小食做得好，生意一定好，你我都高兴。

荞麦 Soba

　　当今卖得通街的拉面，其实并非日本面，原名中华面，当然是以中国传统去变化的。真正的日本面，称为"荞麦"（Soba）。

　　荞麦分干的和汤的两种。前者用个藤制的小笤箕装，后者则像我们的汤面。

　　到日本面店去，叫一声 Soba 就受歧视，侍者不知道你要吃干的或汤的。要干面时，应称之为 Mori，或者 Zaru，不然就是 Seiro。Seiro 汉字作"蒸笼"，面摆在一个竹做的小蒸笼上。同时上桌的，还有一个茶杯形的小碗，里面装的是酱料。

　　当穷学生时第一次接触到日本面 Zaru Soba。走过大众化食堂，门口摆着蜡制的样板，最便宜的就是这种卖四十日元的东西。

　　指着要了一客。一看，什么料都没有，面上铺着几条细小的紫菜，就此而已。用筷子夹着吃，咦？怎么一点味道都没有？怎么是冷冰冰的？也许要淋上酱料吧？把那碗酱汁往面上一倒，漏得整桌。旁边的大汉都笑了，示范把面放进酱汁中浸一浸，再"噬噬"地把面条吸入口中咬嚼，做出一个天下美味状。

我的天！知道做留学生要吃苦，就没想到是这么难吃的苦。

有了点钱，下次去要了一碗汤面。上桌一看，面上也没配料，只是一团白色黏黏的东西。喝一口汤，又是咦的一声，怎么那么甜？简直是糖水加酱油罢了！一点鲜味也没有，面本身还是没味。至于那团白东西，叫作"薯蓣"（Tororo），是山药磨成的，也无味，像鼻腔排泄物的口感，实在令人恶心。

从此，我对日本荞麦的大坏印象，至今犹存。纳豆，或者海参肠之类外国人都难以接受的地道食物，我都没问题，我只是不喜欢日本荞麦。

但是荞麦是日本的传统食物，喜好者对它的研究，好像打开了一个世界。日本友人之中深爱荞麦的不少，要了解日本文化，对它还是要有一点认识的。

日本人吃荞麦的历史并不长，有文字记载的不过四百年左右。是否由中国传去，无从考据。最老的有三大派系：一、砂场（Sunaba），面条白色带褐；二、更科（Sarasuina），纯白带透明感；三、薮（Yabu），面条掺了叶绿素，呈浅浅的绿色。

如果你对荞麦也有兴趣的话，不妨自己制作。基本做法是，先买荞麦的种子；有硬壳，磨开了就露出白色的果实；用石臼把果实磨之，再用筛子筛出细粉来。

荞麦粉二百克，用一百毫升的水揉捏，最好是用一支圆形的面棍，把面团压成一日元硬币般厚。这时像封信封一样，上下左右叠起，再用刀切成细条，宽度也是一日元硬币的厚度，约一点三毫米，即成。

滚水中煮面，一分钟就熟，过冷水后捞起。

另外制酱，由两种制成品混合，第一种叫 Kaeshi，材料是酱油一升、味醂二百毫升、白糖一百四十克，加热而成。第二种叫 Dsahi，用一点二升的水去煮八十克的柴鱼丝"鲣节"。

以一比三分量，第一种一，第二种三，掺起来，就是最正宗的干荞麦的酱汁了。用一比十，第一种一，第二种十，就是最正宗的汤荞麦的汤了。

当今拉面大行其道，但日本老饕更注重荞麦。细嚼之，享受它的朴素，是他们所谓的"侘"（Wabi）与"寂"（Sabi）的禅味。手打荞麦，更是所谓真正的日本文化，在日本各地逐渐抬头，这种食风，还不能在外国流行起来。

说到底，还是因为穷才发明荞麦的吃法。荒山僻壤，长不出水稻，才去种荞麦。

认识荞麦，先从百年老店开始。这些铺子有的还是保持着木造的，有的改成大厦，但室内装修一定搞得古色古香。

代表性的"砂场"荞麦，可到"南千住砂场"去。

地址：东京都荒川区南千住 1-27-6。

电话：03-3891-5408。

"更科"荞麦则到"布恒更科"。

地址：东京郡品川区南大井 3-18-8。

"薮"荞麦的店没有汉字，发音为"Kanda Yabu Soba"，如果写成"神田薮荞麦"，的士司机也看得懂。

地址：东京都千代田区种田淡路町 2-10。

电话：03-3251-0287。

去这几家店之前最好请酒店服务部先替你打个电话订位，也要问明营业时间和休假日。

荞麦店到了冬节才开始卖带肉的汤面，一般都叫成"南蛮"。"鸟南蛮"是把鸡肉煎了，把葱段放在面上上桌，"合鸭南蛮"用的则是鸭肉。

有些店的小菜很丰富，有些简简单单几样。鱼饼和山葵的 Kamaboko 是少不了的，更少不了的是各种日本名厂清酒。

吃完了干面，那碗酱已给你蘸得剩下一半左右，这时向侍者说："Sobayu O Kudasai。"

侍者会意，即知你是老饕，这时他会拿出一个木制的水桶，里面装的是煮过面的汤水，叫作荞麦汤（Soba Yu）。本身无味，但是加在酱中，味道出奇的好喝。

"你不喜欢吃荞麦，为什么到荞麦店来？"如果有人那么问我，我一定回答："马鹿（Baka）！来荞麦店是喝酒的，哪里是来吃面的？"

这句话有文化的日本人都知道，只有笨蛋才不懂，故以"马鹿"骂之，一点也不过分。

短短的数十年工夫，日本人把"拉面"这种最简陋的食物发展成他们的国宝，并有影响全世界人类饮食习惯的趋势。

我最初接触到拉面，是在东京新宿车站东口的一条小巷子内。当年，客人之中还有穿和服的流莺，小贩推着车，吹着喇叭，停下后卖将起来。先弄一碗汤，把面煮熟后放进去，上面铺一些竹笋干、紫菜和中间有红圈圈的鱼饼，下点葱，材料仅此而已。没有叉烧，因为那时候肉还很贵。

先喝一口汤，什么味道都没有。友人说："这简直是酱油水嘛。"

从此，同学之间不叫它为拉面，称之为酱油水面，虽难吃，但价钱最便宜，要省，就得吃拉面了。

日本人追求完美，生活水平提高，对拉面研究又研究，才成就你现在吃的这碗东西。

进步是从配料开始，加了一片叉烧。所谓的叉烧，从来不烧，和广东人做的完全不一样，只不过是拿一块带肥的猪肉，用绳子绑起来煮熟，再淋上酱油滚他一滚罢了。

再来是汤，从酱油水发展成把鸡骨、鸡脚、昆布、木鱼丝、红萝卜、高丽菜等材料熬个数小时而成。这是汤底，不咸的。吃时师傅会问你："要酱油或盐？"

跟着把这两种调味品之一放进碗中，再淋汤进去。当然，他们不会忘记下一大匙的味精。

像电影《蒲公英》所描述，吃拉面时一定先喝一口汤，这一口汤，就决定了输赢，整碗东西好不好吃，全靠它。吃面条时要发出"噬噬"的吸食声，才有礼貌。

面条有粗有细，但不会粗到和乌冬面或上海面一样，也细不过广东人的银丝面。一般都下碱水，才有弹性。香港人去日本开店，说找不到碱水，其实是存在的，用了一个化学学名罢了。

拉面从东京流行起来，传遍全国，就起了变化。最明显的是北海道，在汤中加了味噌面豉和牛油。九州岛方面不认输，加大量猪骨熬汤，成了豚骨（Tokotsu）拉面。

为了一碗完美的拉面，日本面痴到处寻找，书店中有很多杂志介绍每个县的最佳面铺，电视也拍得不亦乐乎。一经报道，必排长龙，等一两个小时，不出奇。

一成名，就开连锁店，可惜连锁店的面不是大师傅精心炮制的，水平就下降了。

外国人看到有生意可做，也纷纷学习开拉面店。烹调究竟不是什么高科技，失败了再试，总有一天能做出好拉面来。但是我们学的都是外形，从来不由精神入手。

拉面的精神，从人手精简开始，每家店不会多过三四个职员，一天能做多少生意就卖多少碗，再多也做不来。人手一少，客人要等。等，是服从性很强的日本人的本能，而且他们很享受等待这个过程。

在香港生意一好，就扩充铺面，增加人手。要不然怎么应付心急的客人？这一来，大师傅变成一个嘴边无毛的小子，我们的拉面在质量上是永远跟不上人家的。

只要有高水平，钱可照赚。像尖沙咀加连威老道巷子里的"土门"（Domon），就依足日本方式经营，人手很少，但做出一流拉面，价钱并不便宜，利润还是很高的。

北海道的札幌，有一条叫"拉面横丁"的小巷，三十家店挤在里面，每家都只有两三个人打理。为了求变化，加上海胆、鲑鱼子、大螃蟹腿之类，卖得很贵，一百多两百块港币一碗。在仙台附近的气仙沼，更有鱼翅拉面卖。各出奇招，但基本上还是要汤底和面条做得出色。

我认为日本最好的面档有东京筑地渔市的"中川"和大阪黑门市场的"黑门"。前者清汤底，熬了大量材料；后者的猪肉汤底，香浓无比。两家人用的面都很细，幼条面到底容易入味。

数十年前，在京都银阁寺旁边有一推车面档，特别的地方在于它的辣椒酱，像桂林的一样，加了很多的大蒜，深夜还有很多客人排队。

东京日比谷公园外，从前也有一个猪骨拉面摊，汤中滚了一大块肥猪肉，用个铜箸盛住，敲打箕柄时，细小的肥肉料掉进汤中。友人见了怕怕，我骗他们说是骨髓，大家又吃了。在寒冷的夜晚，一人捧一碗蹲在银杏树下吃，不羡仙矣。

至于日本大赞的惠比寿拉面，我吃过，不外如此。

什么才是一碗完美的拉面呢？

像银阁寺旁和日比谷公园外的，就是完美的。因为这些档子已不存在，失去的东西，永远是最完美的。

又在伦敦的"Wagamama"，意思是"任性"的店子吃过，它为一家两个英国人创办的拉面店，本来不出奇的东西，因为我在欧洲旅行久了，西餐吃厌了，来这么一碗拉面，也觉得完美。

每一个人都有一家他们认为完美的拉面店，这是他们试过一家又一家的结果。不努力，隔壁有一家就整天去吃，绝对不去比较，那么你吃的不是一碗完美的拉面，充其量，也只能说是一碗完美的饲料而已。

　　我们香港人，十多年前，在宴客时，一坐下，桌子上一定先
摆一瓶白兰地，是多么豪爽过瘾！

　　也只有在香港，要是忘记带白兰地时，餐厅隔壁任何一间不
起眼的杂货铺中，都能买到最高级的干邑。这一点连法国人也啧
啧称奇。他们老家，只有在专卖店里才找得到，连大型的超级市
场，最多也是卖V. S. O. P. 而已。

　　今晚参加一个白兰地的推介会，法国朋友说中国人和法国人
的饮食习惯相同，爱好美酒美食，白兰地是首选。我不同意，告
诉他说："你们只在饭后喝白兰地，我们是饭前、饭中、饭后都
喝的。"这句话引得他哈哈大笑。

　　去什么地方，吃什么地方的菜，喝什么地方的酒，这是原
则。白兰地虽然强烈，但个性极为温和，配任何一个国家的佳肴
都没有问题，尤其是中餐，搭得更佳。

但是这十几年来，白兰地完全被红白酒打垮，过年时，已看不到干邑的广告了。

友人之中从白兰地迷转喝红酒的不少，但多数只知价钱不知价值，一箱箱的名牌酒照存，每天喝个一两瓶。我看见之后说你的胃不久就穿洞了。此君不信，以为我在咒他，结果果然喝出毛病来。

要知道红酒的酸性很强，喝来消化一大块一大块的牛扒。我们东方人的饮食习惯不同，吃起肉来分量并不多，过量的红酒对身体是有害的。

但强烈的白兰地不是更伤身吗？这也不然，一喝就醉了，哪能像红酒一样一瓶开了又一瓶？

喜欢烈酒的话，喝内地的二锅头、茅台和白干不就行了吗？近来中国烈酒大行其道，有的干脆提高身价，卖到上千块一瓶。吃中餐当然配中国白酒呀！这句话也没说错，可惜白酒的质量控制得不好，有时开了一瓶不够水平的，好好的一餐，就被破坏掉了。

还是白兰地的质量有保证。配干鲍一块儿吃，天衣无缝。鲍鱼也分质量，日本的最佳，价钱高也有道理。晒鲍鱼的时候，聪明的鸟儿常偷食，成本就要打在里面。白兰地也是一样，每年都要经过挥发，所以愈醇的干邑愈贵。

鱼翅之中，加几滴白兰地，汤汁更为香浓。但是白兰地经销商很反对此举，认为有伤干邑之印象，坏酒才拿去烧菜的呀！这种想法甚为可笑。顾客至上，他们怎么吃是他们的事。昂贵的鱼翅，岂可用杂牌白兰地呢？

这又牵涉到白兰地是否净喝的问题。老子有钱，要加可乐七喜也行。法国商人不会反对，只要卖得出去。他们的白兰地专家也指出，兑了水，香味更挥发得出。你的酒量好就喝纯的，不行的话尽管像喝威士忌一样加苏打水好了。我有一阵子就深爱白兰地苏打水。喝起来舒服，是消费者的权利。

经过这十数年的沉没，我认为现今是白兰地复活的时机，只要在宣传上做得好，不乏新一代爱好者。红酒已逐渐褪色，啤酒太弱，中国白酒留在身体上的浓味也不是人人受得了的，白兰地还是首选。

中国人喜爱干邑，从原料开始，认为到底是葡萄酿出来的，浅尝还是有益。医生也劝人睡前来一小杯白兰地，法国人在餐后饮之，经千年，有他们的道理。

自古以来，我们都沉醉于葡萄美酒夜光杯。这葡萄美酒当然就是白兰地了。我的书法老师冯康侯先生时常和我谈起在珠江的花艇上喝三星、五星、手拿花、手拿斧头牌子的干邑，白兰地是我们最老的朋友了，怎能忘记它？

也很怀念当年豪饮白兰地的日子，在做电视清谈节目《今夜不设防》时，有马爹利和 Otard 两家公司争做广告，桌子上必摆着这两种干邑。倪匡、黄霑和我三人在做准备时已经先干掉一瓶，美女嘉宾来到，各灌数杯，一下子开怀，什么话都说了出来，的确是快乐的饮品。一个节目两小时的录像，就要干个五六瓶干邑才收科。

后来做《蔡澜叹世界》旅游节目，注重喝红酒，但到底不过瘾，收工后还是要来一两瓶白兰地。

说酒能伤身，那是个别的例子。我母亲今年九十多岁，每天照饮白兰地，父亲生前用家母喝过干邑的塞子，混上英泥砌了一栋墙。我至今还能喝一点，是遗传吧。

当然威士忌也为我所好，但香港有喝白兰地的传统，来了这里，还是觉得干邑比威士忌好喝。希望有一天看到每一张餐桌上，像从前那样摆一瓶白兰地，那是香港经济复苏的一天。

倪匡兄最爱喝的白兰地是马爹利蓝带，他认为半瓶装的比七点五升的更醇，我则觉得两者皆佳。

一生尝过最好的白兰地，是和倪匡兄一起喝的。当年我从墨西哥拍完外景后，专程飞到旧金山去，发觉他已戒了酒。我拿出一瓶工作人员送我的最佳龙舌酒独饮，他要一口试试，说想不到那么容易入喉，两人一下子干掉后，他酒瘾大作，拿出两瓶珍藏的 Extra 干邑来。倪太去了香港，没人开车，倪匡兄又连金门桥也没去过，我就打电话叫了一辆最长最大六个门的轿车，由黑人美女司机驾驶。在公路上飞驰，我们打开顶窗，钻头出去，各拿着一瓶干邑吹喇叭，经过的人看了，羡慕不已。

陈年雪茄

对于雪茄，我实在是一个门外汉。

抽了一辈子的香烟，是因为我忙了一辈子，从来没有时间停下来，好好地抽他一根长雪茄。偶尔，在一顿精美的晚餐之后，我也喜欢来几口，但到底不是天天抽，没有资格当雪茄的爱好者。

因祸得福，生了一场病，开完刀后医生说非戒香烟不可。说戒就戒，我再也不抽香烟，但是，我抽了雪茄，因此打开了一个新的宇宙。

每天必得享受一两根，又买了大量的雪茄书籍和杂志来研究。但始终碍于烟龄之浅，很羡慕那些早已成为雪茄痴的人。

这么迟才起步，唯有乘直升机赶上。我从牙买加古巴雪茄入手，来弥补失去的。名牌并不一定好，只知价钱而不懂得价值，也属暴发户心态。但是雪茄并不像红酒能让你慢慢去"发现"又便宜又好的，我已没有逐种尝试的余裕。

雪茄和个人喜恶有重大的关系，但最重要的还是比较。烟龄足够的话，可以由众多的雪茄中挑选出来。我现在只知道我爱的是香浓强烈的，这与我的个性有关。雪茄还需要配合身形，一个又矮又肥的人抽丘吉尔型号的话，非常滑稽。我身高六英尺，故选择了 Cohiba Esplendidos。（烟圈号码四十七，一百七十八毫米长，Parjo 型。Parjo 在雪茄术语上是指一根直长的，由头到尾都一样大小的烟。）

抽多了，发现此雪茄有时相当难吸，乃新出厂之故。烟叶多油，吸湿性强，偶尔还要弄一支插雪茄的针来通一通它（这种通雪茄器可在雪茄专卖店买到）。

上等的雪茄，尾都是密封的，须用牙咬掉，但也有很多剪尾的工具。有的是一个锋利的钢管，伸进去就能打出一个洞；有的人爱用断头台式的刀；有的用一把专剪雪茄的剪刀，剪小一点叫半剪，我则喜欢把尾部全剪掉，所谓的 Full Cut。这和 Esplendidos 难吸也有关系，主要我认为这种剪法才够豪气。

回到新加坡时，好友林润镐兄送了我一盒雪茄，说是字画收藏家刘作筹先生死前留下的。刘先生也是家父的好友，很爱我，常给我看好东西，我记得他最爱抽的是雪茄，但不记得是什么牌子。那么富有的人，抽的一定是名牌吧。一看到那个盒子，虽说是古巴烟，但属杂牌。我拿了一根抽了，很容易吸，一点也不呛喉，但那股烟丝是多么的香浓，要我用文字形容，根本是不可能的事，只有亲自吸到，才知道什么叫好雪茄。

刘先生作古也有二十多年了，就算是新买的，也是陈年雪茄。陈年雪茄的好处，又是另外一个世界。

在香港能找到陈年雪茄的地方并不多，到 Davidoff 专卖店去，能买到该厂从古巴搬走之前的产品，已要卖到四五千港币一根了。

中环文华酒店隔壁有家叫"思茄"（Cigarro）的店，也卖陈年雪茄。收藏了四五年的杂牌，也不贵，但抽起来和新的没什么两样，真正的陈年雪茄当然不止这个价钱。

老雪茄贵，倒不如自己贮藏，所以店里有一个很大的存放室，以最适当的温度和湿度控制。

客人可以付四五千港币的年费，租一个空柜来放雪茄，要不然在店里买一个大雪茄箱，便能免费寄存。

该店经理谢健平介绍给我一本很厚的雪茄书。咦，为什么在书店里没看过？原来是新出版的。书名叫《图解革命后哈瓦那雪茄百科全书》（*An Illustrated Encyclopaedia of Post-Revolution Havana Cigars*）。

这么一本内容齐全和精美的书籍，作者原来是一位叫 Min Ron Nee 的香港人。

和别的书不同的是，它做了陈年雪茄的详细分解，实在非常难得，我想外国的许多雪茄专家都要折服。如果选香港出版界全年最好的书，则非此书莫属。

至于什么才算是一根好雪茄，书中是这样分析的：

陈年雪茄是古巴雪茄最神秘和迷人的，烟味本身随着年份而改变，而这种改变至今还不完全能根据科学分析来了解。不像红酒，研究的书很多，甚至在哈瓦那，都很难找到陈年雪茄的数据。铁定的事实是，绝对不是人们说的："把雪茄放在盒里面两三年，味道就好。"

在香港，抽陈年雪茄在作者祖父的年代已盛行。香港人存放了一万到五万支，是常事。

陈年雪茄要经过几个时期：一、生病期；二、第一次成熟期；三、第二次成熟时；四、第三次成熟期。

生病期是雪茄带了亚摩尼亚味，湿烟叶卷成雪茄，味还在发酵，产生浓厚的亚摩尼亚。经过四五年才进入第一成熟期，尼古丁的苦涩也逐渐消失。第二个成熟期经十年至二十五年，烟中的丹宁酸已全分解。闻到一根五十年的雪茄，和一根二十年的一比，就能产生一种叫作"飘然仙姿"的韵味，这是第三个成熟期了。

最过瘾的是读到作者的序："……请注意这里发表的，纯粹是我个人的见解，当提到'大家一致的意见'或'众人认为如此'，都是我私人的印象和了解。这世界的美好之处，是各人皆有不同的信仰、想法和喜恶。你的和我的不同，并不重要了。"

香港藏龙卧虎，大家都能像 Min Ron Nee 一样将经验以书留下，才对得起香港。

日
本
火
锅

日本人也吃火锅，这种传统来自中国吧。

用的是一个上盖的陶瓷锅，很厚。铜锅亦用，但只限于吃牛肉或猪肉的 Shabu Shabu。旧式的茅屋之中，有个四方形凹进地下的坑，里面放炭，一条铁链从屋顶挂下，吊起一个铁锅，煮将起来，也是另一种吃火锅的方式。

至于汤底，通常是熬海带和木鱼，单调得很。有些人还下大量的味精，是因为用料少，汤不够甜。这还能接受，有时他们会加糖，就难忍了。

代表性的火锅，是"寄锅"（Yose-Nabe）。将几块银鳕鱼、一点蒜片、大量的豆腐和白菜放进锅中煮熟罢了。

食材不是待汤滚后放进去灼的，其实非常难吃。俭省的家庭或留学生多数吃这种火锅，贪它便宜。

到了秋天，生蚝肥美，大家就吃"牡蛎锅"（Kaki-Nabe）了。

蚝和蔬菜一锅上，中间加了一大汤匙味噌，汤滚后面酱溶化，就能吃了。单靠一味生蚝，吃上几口，即生厌。

养土鸡的名古屋，也有鸡锅。把鸡肉煮熟就是，最多是将鸡剁碎了打成丸子。虽没有什么吃头，已被当宝了。

日本人取名字真有一套，火锅除了豆腐和白菜之外，加的茼蒿，称之为"春菊"。他们的粉丝比我们的粗大，叫作"春雨"。用魔芋蒟蒻做的细粉丝，是"白泷"。泷，瀑布的意思。

在大阪最出名的乌冬店 Mimiuo 吃乌冬锅，里面有两尾游水的虾，日本已大喊不得了，哪像我们叫半斤基围虾下去灼的？

不过他们的火锅豪华起来，可用螃蟹，北海道最多的就是松叶蟹锅了。京都人吃水鱼锅，下清酒熬汤，非常美味。我在伊势时吃过龙虾火锅，也很奢侈。但是最贵的还是河豚锅，称为 Te-Chiri，把鸡泡鱼的头骨，带着软滑的皮一起滚，煲出来的汤鲜甜得不得了。最后下碗白饭，打两个鸡蛋去煮粥，肚子再饱，也可连吞三大碗。

在深山之中，最多的是"猪锅"（Inoshishi-Nabe）。日本人把饲养的猪叫作"豚"。"猪"，就是野猪了。把红白萝卜和味噌加进去煮的野猪锅最能御寒。同样配料、以熊肉代替野猪肉的我也试过，熊肉相当硬，味道有点怪，不及野猪肉香。下鲑鱼的，则叫作"石狩锅"（Ishikari-Nabe）了。

琵琶湖畔，有许多餐厅卖"鸭锅"（Kamo-Nabe）。日本人不会养鸭，用的是野鸭或雁子，到了秋天鸭子的皮下脂肪很厚，占整只鸭的三分之一。鸭锅也是用味噌来煮，下大量的长葱，和鸭配合得最佳。

"Suki-Yaki"的"锄烧"也算是一种火锅吧。用的是一个小的圆形铁锅，把牛肉中的肥肉切成方块，在锅底抹上一层油，就可以放蔬菜进去，接着加很甜的酱油，然后把牛肉一片片放进去打，半熟时夹出来蘸着生鸡蛋吃。第一次试的人总觉得太甜，建议大家酱油只要下一点点就够，倒很多清酒去冲淡它，会更香。生鸡蛋吃不惯可以倒进锅中煮熟，这种做法女侍者是不赞同的，但付钱的是你，不必去管她。

到了"Shabu-Shabu"，才有点像我们的涮锅子，把牛肉放进去烫熟了吃。不吃牛肉的人，有黑豚代之，但侍者看到我们把两种肉混在一起吃，也皱眉头。

最独特的日本火锅，是在淡路岛海边吃到的，沙滩上搭了一个铁架，挂着一个双手环抱的大锅子，下面生起火来。这时渔船抵达，把当天抓到的海鲜搬上，有什么就放什么进去，也不洗涮，将原只八爪鱼、螃蟹、海虾、鲍鱼、贝类和大量杂鱼全部投入，煮成一大锅，在寒冷的天气下，喝着这碗最鲜甜的汤，是毕生难忘的经历。

纤细一点，是在九州岛的海边吃到的，岩石给海浪冲击数千年，冲出一个个篮球般大的洞来，渔夫们注入清水，再把鱼虾切片放进去。

没有火，怎么煮？

这时有人把烧红的炭拿来，一块块投入，水一下子就滚了，水珠还会跳动，即可捞海鲜来吃。岩石和炭都很干净，不会吃坏人的。西双版纳也有此种吃法，以竹筒代替岩石，烧红的石春代替炭，文明得多。

说了那么久，你有没有发觉日本火锅和我们的不同之处？那就是海鲜是海鲜，肉就是肉，不像我们吃火锅时，将肥牛、猪肝、鱿鱼和鲜虾等等都派上用场。他们的汤底也不像又沙茶又麻辣那么多花样。酱料方面，更远远不及涮羊肉的了。

我们围炉，享受一家人的温暖。

日本餐厅中，最多只见父母带着年幼的儿女，从来没有连阿爷阿婆三代人一起去的现象。吃火锅，也失去了意义。

食材上最接近我们的是相扑手的"Chanko-Nabe"了，鱼、虾、蟹出齐，又牛肉又猪肉，还有捣碎的肉和鱼，当成鱼饼肉饼，最后加面加饭，煮成一大锅。

日本人在香港吃火锅，以为我们个个都是相扑手。

Comfort Food 我翻成"满足餐",自己对这个译名一点也不满意,在此栏中征求更好的,有了诸多的反应。

"苹果"的同事毕明也来凑热闹,她说:"其实我也曾为此译名苦恼。结果,最后决定以'窝心食物'称之。"

为我编书的"天地图书"陈婉君建议:"一、饱足。二、志在饱足。三、饱食无忧。四、馔得乐。五、称心饱足。六、饭饱弄箸。七、图个温饱。八、鼓腹而游,来自《庄子·马蹄》:'夫赫胥氏之时,民居不知所为,行不知所之,含哺而熙,鼓腹而游,民能以此矣。'"

另有读者 Deh 说:"窝心菜。"读者 Yih 说:"安乐饭。"

Elson Cheng 说:"舒食。"Thomas 说:"惬意餐。"

Shirley 说:"满意馔。"Icy 说:"惬心菜肴,或者惬心饮食。"

Stephen 说:"满心菜。"Sze Ki 说:"畅食。"

Paul Siu 说："爽餐。"Wai Kin Kam 说："回魂餐。"

Ken 说："自在食。"不具名说："开眉菜。"

Josephine 说："写意菜。"Kevin 说："逸膳，乐膳。"

Florence 说："心灵慰食。"Yuki 说："大啖食。"

新加坡老友曾希邦兄，是位翻译家，他说："不妨把名词改为动词，譬如说，吃得香、食亦乐之类。"

还有更多更多，弄到我不知怎么选择，各位建议的都有道理，都能成立。

但吹毛求疵的我，还是不能满意，怎么办才好？

或者，有些英文名是不能翻译的吧？

猪
肠
胀
糯
米

很多传统的潮州小吃，已在香港失传，庆幸其中一样猪肠胀糯米，还是照样有大把人做。

在潮州话中，"胀"字有灌入、填满、充塞的意思。这种小食，其实就是将糯米酿进猪肠中，煮熟后蒸，或者切片煎来吃。

正宗的做法是取猪大肠的中段，用食盐或淀粉反复搓洗，直至没有异味。再将糯米浸软，加食盐、胡椒、猪肉、香菇、花生、虾米、莲子等。

下一个程序是将馅料灌入肠衣，不要贪心太多，七八成就行，否则煮熟的糯米会把肠衣胀破，就一塌糊涂了。填完，将肠的两头用纱线扎紧，放进沸水锅中煮约一小时。看火力、凭经验煮，太熟了糯米软绵绵，煮得半生不熟，米又不透心，这是最难掌握的步骤，失败几次才能成功。

有的人喜欢切片来煎，我则坚持煮好直接吃。吃时一般是浇上甜酱，我点的是酱油或者鱼露。

点桔油最为豪华，这是旧时潮州"阿谢"（纨绔子弟的意思）的吃法，制作过程极为复杂，另文介绍。当今好的桔油难寻，普通的又难以下咽，还是点甜酱算了。

有钱人家也会加腊肠、江瑶柱等，但失去小吃的意义。一般家庭，用心做的话，可先把花生炸过，又加一些猪油渣或干葱，就是一条完美的猪肠胀糯米。

自己做嫌太麻烦，到店里去买好了。九龙城的"创发"有售，或者到"老四"的卤鹅档口，天天新鲜出炉。多走两步，去卖鱼饭的"元合"也能买到。

潮州菜并不一定要故意创新，别忘记这些基本的平民美食就是。

炒
糕
粿

　　在香港只能在一两家吃到的，是"炒糕粿"。糕粿是将白米打成浆，放进锅中，再用蒸笼蒸熟，待其成形，切成小块，每块大小，像半个旧火柴盒。

　　炒糕粿时，一定要用平底锅，像煎蚝烙的那种。猪油放入锅中，待油冒烟，加糕粿，待煎得一面略焦，翻之，得仔细地煎完四面，不可粗心。之后下鱼露待其咸，加黑酱油取其甜。味调好，就能打蛋进去，最后加韭菜，兜一兜，即成。这是最普通、最地道的潮州吃法，汕头人生活水平提高了，就要加鲜虾、猪肝、生蚝等等昂贵的食材了。

　　炒完的糕粿外脆肉软，口味重的话，不够咸的话可加鱼露，不够甜，则请店家给你多一点黑酱油，加上蛋香、猪油香，细嚼之下，满口甜汁，忽然咬到爽脆的口感，是刚炸好的猪油渣。这碟糕粿能让你上瘾，一碟未吃完，忍不住叫第二碟。现今得到维多利亚街市二楼熟食中心里的"曾记粿品"还能找到，其余有卖此物的摊口，有待各位的介绍了。

"咦，卖南洋食物的店里，不是也都有炒粿这道菜吗?"一些友人向我这么说。

不错，但是他们用的是萝卜糕，而且只是炒，不是先煎后炒的，通常搞得一塌糊涂，看到样子就不想吃了。

有些潮州馆子也说有，叫了出来一看，竟然像干炒牛河的方式来处理。我想师傅连炒糕粿是什么东西也不知道，当然也没吃过。

如今，新加坡或马来西亚的小镇还有一些小档，就算去汕头或省城去找，也没有我们小时吃的那么美味了。

粿汁

　　已经在香港完全绝迹的，是潮州人最爱吃的早餐之一：
粿汁。

　　粿汁用的粿，是像做肠粉一样蒸出一片片的米浆，制成后切
成三角块再煮。而汁，则是卤完猪肉及内脏之后剩下的汤。

　　先将粿舀入碗中，再添汁，就是一碗粿汁。上面淋上猪油葱
蒜碎，叫作"葱珠膀"的东西，成为最基本的粿汁。

　　穷人就那么吃，多花一点钱，小贩就从卤水锅中拿出猪头
肉、猪肠、粉肠等配料，另有卤水蛋。这锅东西卤得香喷喷，是
小贩的最佳招牌，味道会把客人吸引过来。

　　再精细一点，卤水物还有猪皮、猪舌、猪肚、咸酸菜。另一
小锅，滚着所谓的"菜凸尾"，那是把季节性的蔬菜煮得烂熟的，
用来中和肉类油腻，和油条一块吃亦佳。

　　香港吃不到，去到新加坡的熟食中心，那里尚有人卖，但总

觉得味道已变。

近一点的，要到曼谷的街头巷尾吃了，那边的华侨还是顽固地守着古早味，不像新加坡的偷工减料。

新加坡用的都是已经晒干的粿，不是现蒸现做。据说这种已经晒干的，吃了有火气，不宜多食。我没有深入研究，不知道理何在。

回到汕头或省城，早上当然通街都有得吃，我不明白为什么香港的潮州人不肯做。有一个时期我想得厉害，"澄海老四"曾经在老店里为我特制，但少人光顾，也就不继续做了。

怀念这种小吃，回到新加坡，就算明明知道不正宗，也来一碗粿汁，它是宿醉的恩物。

猪头粽

　　"猪头粽"是潮州独有的送酒小吃。名叫粽，当中不含半粒米饭，也不包成三角形或长方形，基本上与粽无关。

　　制作猪头粽，必须选用新鲜的猪头，连肉带皮，切成块状，至于肥瘦比例如何，每家人各有配方。接着加鱼露、酱油、高粱酒、八角、川椒、丁香、桂皮、大小茴香等十多种香料，熬熟后置于一个特制的木盒中，上面放大石压住，挤出猪油，不剩半点水分，坚固之后猪头粽就做成了。

　　因为中间一点空气也没有，又无水分让细菌滋生，即使没有冰箱，这一块猪头粽也能久存，这是古人的智慧。

　　制成的猪头粽各有不同的大小，最常见的有如一本袋装书大小，整块都是棕色的，当中带白，是猪耳的软骨，看起来很硬，但一切成薄片，吃进口，柔软而富有弹性，咬下去满口肉香，略带甜味，介乎冻肉及肉干之间。细嚼之下，除了肉香，酒香、油香，以及香料的各种独特的味道同时溢出，非亲口品尝，不知其妙。

去外国也可以看到异曲同工的制法。个子甚大，像一个大屿山面包。吃起来有猪头肉、猪舌的味道，但口感太软，还有点异味，一般人需要很大的勇气才能接受。

现今猪头肉在香港罕见，到了"创发"还能偶尔找到。想吃的话，最好托人从乡下买来，它像火腿耐存，香料又有杀菌功能，可放心食之。

最好的牌子是"老山合"，售价并不贵，像书本一样大的一块，约四十港币。现在该公司又推出有如口香糖大小的，一斤约有二十片，卖八十块，到潮汕一游时顺道买来，是最佳礼物。

早就说过，有一天，电子书会取代传统的纸版书。亚洲出版商还见不到这种迹象，以为没事，但美国的大书店已一间间倒闭，情形不是很乐观。

学校的作业，也一定会用计算机代替纸笔完成，新一代的孩子，已愈来愈少拿笔书写。他们从幼儿园开始便学习各种输入法：仓颉、九方、速成等。大家都只记得每个字的代号，忘记了字的笔顺。

方便可真是方便，在计算机键上敲敲，一个字还未输完，整个句子已经跳出来，计算机愈出愈聪明，会记住你常用的句子。

渐渐的大家都不再用笔了，日本青年现在只会在手机上按键，铅笔原子笔碰都不碰一下，更别说买了。文具店里的顾客多是老顽固。

从前，消耗最多纸张的是大公司，文件都手写，然后用复写纸印出来，一张张派发到各部门。秘书为老板写的备忘录、会计员的账簿、发出的通告，一切都用纸张。现在的复印机虽然还是用纸，但档案多已存在计算机中了，纸的用量减少，笔更滞销。

计算机和电子笔记簿还没发明之前，大家都习惯用纸和笔记事：好友的通讯簿、自己的日程表、书中之佳句，有用数据，皆细心抄录在小本上，每用完一本，珍而重之收藏，日后翻阅，更是有无穷的乐趣。

但是时代的进步是阻挡不了的，墨水笔的出现打倒了毛笔，墨水笔又被铅笔、原子笔代替。

不过宣纸和毛笔的魅力还是惊人的，写字这种雅趣，似乎高人一等。不相信吗？试试看用毛笔写一封情书给你的女朋友吧，绝对比你在手机上发几万条短信有用，即使被她公开出来，也不会变为丑闻，只会得到羡慕的眼光。

暖气

前几天去了日本，虽然未入严冬，但已冷得要命。想起下个月要去韩国，更是心寒。

香港人那么怕冷吗？不，不。在外国人看来，我们在冬天也不开暖气，真是一个不怕冷的民族！

我们的冬天愈来愈短，大家就不在中央空调上花本钱了，才那么几天，忍忍算了，那么一忍，就忍了几十年。

御寒工具，最多是在衣着上下功夫。做塑料花的年代，男人清一色地穿蓝棉袄，女人都着太空褛。

经济起飞，就穿起所谓的羽绒来了。虽然名为羽绒，哪有什么绒？绒是鹅颈项的毛，哪来那么多鹅颈？鸡毛罢了。万一买到一件没有良心的制造厂产品，用的是什么毛，更不堪想象。

我这种经常旅行的人，在冬衣上是不惜工本的。只要身材不变，一件上等衣服可以穿几十年，再贵也值得。

首先要一件优质毛线衣，开司米最好。藏羚羊已被杀得快绝种了，用它的羊绒制的毛衣给外国环保分子看到了会被泼漆，眼光犀利的海关也会将它没收。

　　储蓄够的话，再备件利马的驼羊毛绒的，那是被国际许可的毛衣，再加上一条同料子的围巾，穿起来全身热得发烫。

　　这是老年人，年轻人经济能力不强，但身子好，抱着对方睡觉不必暖气。可惜根据调查，香港人做爱的次数很少，大家都在拼命赚钱。投诉的多是女性，抱怨冬夜太冷，独自难眠。其实不一定要找男人，靠电器也行。别想歪，我说的是一张电被子。

送老友

伤风感冒是老友，一年总会来访一两次，每次都得盘桓数日至十多天，才肯离去。

虽说小病是福，但这位老友住久了，影响日常工作，不得不出良方，将它早日送走。如果一早发现，从前吃个什么银翘解毒片就能医治，现在的老友已百毒不侵，得想其他方法了。

我直接下重药，吃美国 Vicks 厂做的最强的"深水炸弹"，白天红色，晚上绿色，各两粒，像治牛羊的药那么大，很难吞咽，勉强吃了，才能对付。

这回因拍摄节目，不能躺下，Vicks 厂的灵方也不管用了，只有去求医。当然开的是抗生素，吃了一个疗程，也没治好，第二个疗程才有点见效。

后悔没有要求医生打针，好像现在已不流行这玩意儿，没人肯给你打针，我还是守旧的，以为打针才有用。

倪匡兄相信"幸福伤风素"，但此药对我一点作用也没有。听到有人说煮滚可乐，加大量柠檬就能治好，更觉得是天方夜谭。

大概每个人都有每个人的秘方吧。最传统的是一碗姜汤，到街市去买一块老姜，去皮切片，放进沸水中煮，三碗水煮成一碗汤，喝时下一汤匙黄糖拌匀即可。我小时也试过，长大就当它甜品吃了。

其实伤风，是人已疲倦，需要休息罢了。这位老友也是好意。

这次伤风，有人教我将一杯威士忌和柠檬一同煲来喝，我听了半信半疑。但威士忌，吾爱也，便如法炮制。心急，一开炉便用猛火，酒精受热燃烧，冒出一个大火球，吓出一身冷汗，药未服，已将老友吓跑了。

栗子档

经过尖沙咀的厚福街，看不到那对夫妇的炒栗子档，若有所失。

栗子档带来种种回忆。我在外国撞见的，都是在栗子上划了一刀，然后放在炭上烤至熟为止，固然好吃，但栗子熟不透，有些地方还是很硬，看了直摇头。

外国朋友不以为然，问那么你们怎么做？我回答用沙粒来炒，对方听了都以为是天方夜谭。夏虫不可语冰，我也不辩论了。

我们的栗子档，手法高超的，炒完还加场表演，拿出一粒，大力往地上一摔，栗子便放射性地爆开，像一朵怒放的花朵。

经营栗子档的，多数是年老的夫妇，男的负责炒，女的包装和收钱，数十年来的默契，彼此已不必用语言沟通。

客人来到，要买多少，丈夫打开木桶，木桶中有棉被般的装置保暖，用个小铁铲，一铲就知斤两地装进纸筒中，然后由妻子与客人交易。

从中午开始摆档，至深夜收炉，两人说话不过数句，但客人都感觉到他们的恩爱。年轻情侣结伴来到档前，买一包分享，男的为女的剥壳，喂入口中。摊主看在眼里，也仿佛回到自己几十年前那段温馨的日子。

有次经过一档，正想停步买些品味，却看到夫妇推着木头车狼狈逃跑，原来是小贩管理队前来抓人。排队买栗子的客人，纷纷向管理队喝倒彩，看到群情汹涌，做官的也只有灰头土脸地撤退。

木头车又回来了，光顾的人更多，我看在眼里，心中温暖。想起这么大的一个香港，却不能让这些小贩维持这传统的生意，又生起气来，忘记买栗子了。

　　诸多日本料理之中，"蒲烧"鳗鱼较为冷门。一旦爱上，即成为"鳗鱼痴"，便会拼命去追求，食之不厌。

　　到东京，当然有出名的"野田岩"，名古屋则有很出色的"蓬莱轩"。其实在每一区都有一两家老店，卖烧鳗鱼的人都很固执，一代传一代做下来，很少看到什么新开的。因为这是一种很辛苦的行业，得现剖现烤，烤时生熟度全靠经验来决定，故得仔细观察，师傅们都给烟熏得眼睛快要盲掉。

　　湖水的污染，令野生鳗鱼几乎绝种，日本如今有九成以上都是养殖的，这已很幸运。不法商人还会在内地制造，烧烤后冷冻，真空包装运到，再翻烤一下上桌。

　　我们这次圣诞节到长野县的一家极高级的温泉旅馆"明神馆"，路经诹访湖，自古以来这里是产鳗鱼最多的地方，而其中以"冈谷"的最为肥大，成为鳗鱼的名牌。

虽然大多数也是养殖的，但野生的还能找到。最好的鳗鱼店叫"小松屋"，创业至今已百多年，建筑物古朴。在幽静优美的环境中享受一顿最满意的鳗鱼餐，毕生难忘。

盛饭的是一个圆形的竹具，分量极大，铺在上面的野生鳗鱼又厚又肥，吃进口，还有恰好的弹力，酱汁也不会太甜。

怎么吃也绝对吃不完的，店里建议客人最后还可以用汤来做泡饭，另外当然还有些湖鱼刺身和泡菜及鲜鱼肠汤。

通常日本人在炎夏时才吃鳗鱼，但在冈谷这个地方冬天也供应，称之为"寒之土用丑日"。鳗鱼痴有机会去，不容错过。

地址：长野县冈谷市本町三丁目 10-10。

电话：+81-266-23-0407。

胸
口
膀

我一向认为火锅及烧烤，是两种最没有饮食文化的吃法，但天气一冷，还是想上火锅店去。

怀念的是昔时的北京涮羊肉，几十种酱料任由客人添加，这些老店在香港已一间间消失，吃不到那种炭火炉涮出来的味道了。羊肉的质量也有很大的关系，肉都是冷冻着刨出来的，一点羊味也没有，真是要命。

香港的火锅店，开得不亦乐乎，是因为可以省掉雇师傅的支出。但吃来吃去，食材都是那几种，闷出鸟来。虽然说高级化，用了什么和牛、黑猪，但已失去那种平民化的精髓。能够光顾的，也只有"方荣记"，这家老店的肥牛还是那么出色，全靠老板娘一早到肉店辛苦地找回来。

其他的也以肥牛为号召，都是进口的冷冻品，要吃新鲜的，也只有用各种游水海鲜来补足。但一说游水，就是"时价"了，不小心就被斩得一颈血。不能开怀地吃火锅，不如不吃。有友人也开了火锅店，要我去试，材料固然价高，但不留印象，我吃过后常问他们："主角在哪里？"

"方荣记"的主角是肥牛。要在那么多的火锅店中冲出重围，总得花一点脑筋呀。

要挑一些特别的食材，是那么难吗？肥牛斗不过"方荣记"，那么学老板娘的勤力，去找"脖仁"呀，就是牛颈上那块突起的肉。"正五花"则是牛的趾屈腱肌，"肚埂"是指牛胃之间衔接的部位。

还有最刁钻的"胸口膀"呢。膀是潮州话"脂肪"的意思，指牛胸口那一层肥肉，一整块，是米黄色的，切成薄片在汤中一灼即能吃，十分爽脆弹牙，充满牛的香味，不逊肥牛。去找吧！

猪
肉
包

　　韩国菜之中，有一味猪手，我特别爱吃。他们的猪手是卤得干干的，冷吃的。吃法是将猪手切成一片片放在大碟中，旁边是一堆生菜，拿起一叶，放进猪手片，然后加大蒜、辣椒等，精髓来自虾酱，淋完之后包起，放进口中大嚼，非常美味。

　　原来海鲜和猪肉是可以那么配搭的。

　　高级一点，就用生蚝来代替虾酱了，不够咸，就另放面酱，还有一堆腌得很辣很咸的鱿鱼泡菜，包起来一起吃。

　　猪肉的香和生蚝的鲜，配合得天衣无缝，吃得人爱不释手，加上辣酱的刺激，这道菜在西方也红了起来。

　　纽约有一家著名的餐厅，叫 Momofuku，大厨就是一个韩国人，他以这道菜起家，迷死了美国老饕，他们永远也想不出这种配搭，西餐中不会出现。

　　我们中国人当然能够欣赏，但不是每个人都可以接受的，是另一道很地道、很特别的魟鱼。魟鱼就是魔鬼鱼，韩国人的做法是将魔鬼鱼腌制，让它发酵后才吃。

那种强烈的味道，比尿臭味还要厉害十倍，攻起鼻来，臭豆腐简直要让开一边。

腌魟鱼也是和猪肉一块吃的，叫"三合"，是一片猪肉，一片魟鱼，夹着一片腌上一年的老泡菜，用生菜包起来，塞入口中，细嚼一番。不能接受的人差点呕吐出来，喜欢的，就会觉得魟鱼愈臭愈好。

外国人会吓死，我倒是吃得惯，怪不得连韩国人也佩服。

　　韩国有一个叫"顺天湾"的地方，是个自然生态公园，为世界五大沿岸湿地之一，拥有韩国最大的芦苇群，一望无际。

　　那是一片海水和湖水交际的区域，地面上的泥黑漆漆的，但一看就知道细腻无比，给人很温柔的感觉，像一块巨大的丝棉毯子。

　　在这泥中，最盛产的就是血蚶了，广东人叫作蛳蚶，江浙人称之为花蛤。大型者，可以剥后当刺身生吃，日本人叫作红贝（Akagai）。

　　潮州人最喜爱，单字称之为"蚶"。把蚶洗净，放入大锅中，另锅煮滚水，倒入，即刻倒出，蚶即烫得恰到好处，不生也不熟。用双手拇指指甲大力掰开，露出血腥的蚶肉，异常鲜美，一吃即不可收拾，非食至腹泻不可。这时，由蚶中流出的血沾满双手，再由双手流至双臂，那种感觉，痛快至极，并非把血蚶剥开，单片壳上桌的江浙吃法可比。

在顺天湾的小餐厅吃蚶时，侍者拿了一个小器具，波的一声为我剥开，神奇得很。原来是把像剪刀的东西，但并非像一般的剪刀那样使用而是中间有弹簧，两块铁片，上下分开来用。它不是剥，而是掰，从蚶的屁股掰开。潮州人剥了几千年的蚶，把年轻姑娘指甲都剥烂了，甚是可怜。怎么没有想到由屁股掰呢？

还是韩国人的颠倒想法出奇制胜，即刻向店里买一把带回潮州送人。现货拿出来一看，啊！是温州鹿城百中五金塑料厂制作，好在没拍出来上微博称赞韩国人，不然给温州老乡骂死。

可以考虑从温州买一批来卖。

电子台湾牌

过年，无事。

上微博，二百三十万粉丝发来的祝福无数，不能一一回复，向大家祝福。手上拿着的 iPad，本来可以看看电子书，还下载了多部电视剧，也可以一一观赏，但皆没有兴致。消磨时间的，是打麻将了。

在 App Store 上，找到了一个极上豪华麻将—台湾十六张，英文名是 Super Deluxe Mah-Jong 的版本，好玩得很。

按"进入牌局"后，自动抛出三颗骰子，牌一翻开，不知打哪一张，犹豫了一会儿，有个男声，打了一个呵欠，用国语说："好慢啰，很想睡觉。"

另一女声以福建话说："喂，等很久了，你在生儿子吗？"

终于打出一张不要的，对方说："我要碰！"

上家来张牌，文字问要碰还是要吃，放弃了，又摸到一张好牌，把不要的一扔，对家又叫出："我和了。"

字幕打出：庄家一台、门清一台、花牌一台，总计三台，最后算上分数。

等到下局，自己吃了，对方的女声叹道："唉，输了，你这心机鬼。"

下次又吃了："唉，我又输了，你会不会不好意思呢？"

忽然出现一只牌，自摸了，屏幕一声大爆炸，得分甚多。再来又和了，连庄拉庄。一得意，打出一张，又输光。台湾牌的原理是要学会忍，一忍就流局，下一局又有赢的机会。

但是，你会自摸，别人也会，和的女子娇声娇气："我可以去 Shopping（购物）了，好高兴唷。"

这时，老婆走进来，惊闻女声，以为藏了一个情妇，虚惊一场。

去神户的"飞苑"吃三田牛，总是人生乐事。

神户是个大都市，不养神户牛，却每年举办一次比赛，由周围的农场派出牛来参加。得奖最多的，是三田。说神户牛最好，应该说三田最好。

每回来这儿，老友蕨野就会劏一头得奖的给我们吃，用备前炭，保持热度又不会爆炸，为最高级。蕨野说："好牛肉，要自己烤，别人为你烤了，你一定不会满意它的生熟度。"

吃过的，都大赞："一生之中，没吃过那么肥美的牛肉。"

不但肉好，做米饭，蕨野挑剔，只挑最高级的米，自己种的。种得疏，米虫给风一吹，都掉到水稻田中，不会传给另一棵稻。所以他的米，只炊饭之前才磨，只磨去一小部分表面，留着米香。另外一大碗汤用牛骨熬出，清澈得很，牛味重，加上自己种的无水蔬菜，这一餐，是完美的。

团友之中，有一位廖先生，每年过年都跟着我去吃，已十四年了。他有个儿子，我由小看到大的，立志当厨师。我答应他，在日本找到打武士刀的师傅，为他打造一把完美的厨刀，但那师傅久久未交出作品来，等得不耐烦，向蕨野说这件事。他静悄悄地去厨房找出他那一把，也是武士刀师傅打的，送给了廖公子，完成了我的一桩心事。

光顾了十多年，餐厅愈装修愈新颖，里面挂着多幅名人字画，有金庸先生的墨宝，还有《带子雄狼》作者小池一夫的一张画，我很喜欢，蕨野要拿下来送给我，不能夺人之美，回绝了。

走出门口，看三田牛奖状，每只牛的鼻子都不同，印了牛鼻印，以此做证。团友们纷纷拿出相机和笑嘻嘻的蕨野一起，拍了一张。

又到吉野家

　　两千港币一餐的牛肉，三千大洋一顿的海鲜，都吃过了。在日本，还有什么好吃的？有，就是几十块也吃得饱饱的"吉野家"牛肉饭了。

　　好吃吗？好吃，好吃到极点了。别看它便宜，用的白米可是著名的"越光"大米，炊得一粒粒亮晶晶、香喷喷。铺在上面的牛肉，香甜柔软无比。谁说便宜没好货？"吉野家"就要推翻这个定理。

　　在大城市中，每个角落里头都有一家，二十四小时营业，随时随地都能让你吃得充实、饱腹、满足。"吉野家"万岁！

　　在香港同名字的东西，和它相差十万八千里，日本的永远保持着它的水平，不叫客人失望。

　　用的是和牛吗？不，不，已声明是进口的美国牛，刨成了薄片，皆半肥瘦，用酱油和清酒煮出来，中间还夹满了清甜的洋葱，令人垂涎。在严冬来一碗热辣辣的，是无上的享受。

日币高企，百物涨价，只有"吉野家"不加，不但不加反而要减，每个季节，都推出所谓的"大出血"价，变成城中话题。

来一个套餐，牛肉饭、加汤、加泡菜，说了你也不相信，只卖日币二百七十元，兑率很容易算，就是二十七块港币了。

要豪华，再来一点牛肉，多加十七块，再来一碟韩国辣菜，九块，非常丰富的一餐。

给我那个叫"饭桶"的同事来吃，多添白饭几大碗，菜肴省了，吃店里奉送的咸姜丝，再来个鸡蛋，也不过是三四十块。丰俭由人，当今，在日本，日子并不难过。

吃尽

今年新春的第二个旅行团，是最豪华奢侈的一个。

乘商务舱从赤鱲角直飞大阪，入住 Ritz-Carlton 酒店。抵达后团友们纷纷外出购物或吃碗拉面，有的小睡一会儿。晚上，到神户友人蕨野处吃得奖的三田牛。此行将吃三次和牛，这回是炭烧。

翌日从酒店附近的大阪站出发，坐"雷鸟号"（Thunderbird）快车，指定的座位宽大舒适，不到两小时便到目的地福井县。先吃一顿海鲜大餐，有烧烤野生鲍鱼、赤鱲、蝾螺等，各类刺身如野生河豚、金枪等，吃个不亦乐乎，还有当地才吃得到的三国甜虾，每人三十尾。

从窗口望出，一片白茫茫大雪，室内装饰梅花，美不胜收。

饭后到大型商场购买牛奶雪糕等，往旅馆方向去，途中在福井土产店停一下，奉送甜度四十度的煨番薯，又有漏蜜的柿子干，各类礼物，大箱小箱打包返港。

入住当地最好的温泉旅馆"芳泉"，每间房都有私人的露天风吕，大池小池，浸个不停。那么美好的旅馆，不一连住两晚怎么行？大餐先吃海鲜，有一种样子不好看，但比三国甜虾更美味的是虾刺身，每人也是三十尾。众人都说一生之中吃虾最多的就是这次。

翌日各处观光，吃烤蟹壳，壳中充满膏。中午吃野猪火锅。晚上吃"蟹尽"餐，一人一只大越前蟹，加上草地蟹，大家又说一生没吃过这么多的蟹。

乘机飞东京，吃"今半"牛肉锄烧。入住银座半岛一连两晚。日本东西吃厌，到最好的中华料理店"胁屋"。第六天临上飞机前，再去"黑泽"吃铁板烧。团费不菲，团友都说物有所值，这最重要了。

談論攝影

給周潤發的一封信

潤發老弟：

报纸周刊上报道你对硬照摄影很感兴趣，但从不见你的作品。今天，到"Hair Culture Cafe"吃中饭，老板 Billy 介绍说墙上有一幅你拍的照片，是个瑞士钟，只剪取了一部分，构图优美，光暗调和，看得出你有一对尖锐的眼睛，很有天分成为一个好的摄影工作者，勉之勉之。

我也喜欢硬照摄影，但看的比拍的多，自然眼高手低。我的书法老师冯康侯先生说过："眼高，至少好过眼不高。"我只能用一个业余爱好者的身份，和你分享我学习摄影的经验。你我都忙，见面时间少，还是写一封信给你吧！

从十五岁开始，借了父亲的 Rolliflex 双镜头反光机到处乱拍，自己冲洗菲林，然后在暗房中放大。

　　记得那台放大机拉得多高，也不够我要的尺寸，最后要把镜头打横放映，照片纸贴在墙上，感光过后用布浸湿显像液涂之。看见那一幅幅的形象出现在眼前，感到无限的欢乐。

　　所以说，拍照只是一个前奏，冲印才是真正的做爱。

　　当今的摄影爱好者都不显现和放大了。黑白还容易自己动手，搞到彩色，则非托专业暗房人员处理不可。我要说的是即使不亲力亲为，也要站在旁边看一幅心爱的照片的诞生，才算完美。

　　任何一种艺术都要先利其器，我认为拥有各种摄影机和镜头，不如先选一个机身，一个镜头。摸熟之后，成为身体的一部分，好过拈花惹草。

　　我的首选是 Leica M3，加上一个九十毫米 Tessar 镜头。我认为这两种东西的配搭是天衣无缝的。莱卡的对焦不易，但久了就能控制；而那个镜头，我曾经用来拍老虎，每一根胡须都清清楚楚。

　　一般人拍完后交给冲印公司，只洗些明信片大小的照片，那么买名贵相机干什么？任何傻瓜机都足够应付矣！

　　我用九十毫米镜头，因为我喜欢拍人像。你有了工具之后，就要选择在摄影上走哪一条路了。

　　虽然一幅经典之作会影响我们的兴趣，但我始终觉得是个性使然。个性由遗传基因决定，天生也。

静物是入门的，风景也是最初接触的对象。常笑自己当年看到海边的一条破船就拼命拍它，英语中称这种现象为 Boat in the Mud。

　　除了那幅钟，我没看到别的，不知道你的爱好在哪里。静物和风景局限于光与影，要追求风格，这两种对象是难于满足的。

　　要走哪一条路很容易决定，看大师们的作品好了。

　　Robert Capa 的那幅中枪死亡之前的士兵照片，令你震撼的话，就当战地记者摄影师好了。任何地方有天灾人祸，都是你的机会。

　　抱着婴儿，两个小儿女依偎着的母亲，那种无奈的表情虽然没一滴泪，但充分表现人间疾苦，这是 Dorothea Lange 的作品，看后令人想当义工。

　　但是人性也有另一个角度的描写，像 Cartier-Bresson 的那幅儿童，为父亲买了两支大红酒捧着回家的照片，对人类是充满希望的。

　　大家都会记得 Harold Edgerton 的一滴牛奶变成一个皇冠，和 Man Ray 发明的叠影浮雕摄影。这又是另一派了，他们走的是技巧而不是内容。不过，任何新技巧一被用上就已变旧了，也是学我者死的路。

　　人体摄影是有幻象的空间，Frantisek Drtikol、Franco Fontana、Toto Frima、Helmut Newton 都是佼佼者，他们对裸体的着魔，变成了艺术。

观察你的个性，人体摄影似乎与你无缘，你也已经超越了抛头颅、洒热血的阶段。人像，还是你最好的选择。

你有拍人像的条件：自己是名人，要拍什么人，大家不会抗拒你。人的表情千变万化，实在有趣。

当然我讲的不是什么加了数层纱，拍得很朦胧的美化次货，而是把对象的灵魂都能摄出来的作品。

人像摄影也有危机，那就是大家都记得你拍的人，忘记是谁拍的，像 Che Guevara 的照片就是例子。

但也有不管对象是哪一个名人，一看就知道是什么人拍的，像 Yousuf Karsh 的丘吉尔、Philippe Halsman 的达利和 Margaret Bourke-White 的甘地。

拍人像也不一定要在影楼进行，Karsh 就最喜欢在人家的工作环境之中拍，因为那样，对象才更能放松。而放松是拍人像的秘诀。老明星 Gloria Swanson 有两张照片，一张是老太婆，一张看起来四十左右，前者是她刚遇到摄影师时拍的，后者是他们做了朋友之后拍的。你老兄人缘好、朋友多，合作对象无数，再也没有比你更好的人选。

一个人把头钻进一种工作，看东西就不立体了。我看过许多电影人，说来说去还是电影，久了刻板无趣。你选择了摄影，我为你高兴。

最后，是成家的问题。学一样东西，众人都想成家：画家、书法家、篆刻家和摄影家。这都是精神负担，到头来成不了家的居多。我们爱上一种东西，只管爱好了，成不成得了家，又如何？百年之后的事，与吾等何关？管他呢？

祝福

蔡澜顿首

给苏美璐的信

美璐：

　　意大利的假期度得愉快吧。你的千金阿明从小就跟你到处流浪，看惯名胜古迹，长大后眼界一定很高。先生好吗？旅行时还作不作画？

　　写这封长一点的信给你，目的是向你报告我协办的"虞公窑特展"。

　　地点在香港铜锣湾的中央图书馆，一共有五个展厅，我们租了两个，做出五天的展览，租金并不贵，加起来每天平均一万多一点点。

　　展厅供应展板，方便给艺术家们挂画，灯光也齐全，天花板上一排排的照灯，要多少有多少。工作人员看了艺术家们的作品之后，更加尊敬，处处合作得很好。

　　这次一共准备展出两百件作品，但是最后决定把一个厅弄得很空，另一个厅则摆满，有个对比，所以才放了一百二十件左右。

空的那个厅，我们从近二十英尺的天花板上挂下四幅大字，是曾氏兄弟的哥哥曾力用篆书写的大悲咒。离开墙壁十多英尺，用六支灯打背光，加上黄色的滤光纸，大悲咒的前面摆着一座他们的精心作品千手观音。参展者一走进来便会给那股大气派慑住，走近观音像，看看那安详的微笑，再绷得紧紧的表情，也会融化。

本来想请一位专门搞展览陈设的设计师来帮助，后来发现曾氏兄弟与我的沟通极好，一切由我们三人共同设想，也足够应付，故作罢。

在经济低迷的今日，有人买艺术品吗？这是一个大问题。作品不卖的话，艺术家怎么生存，又是一个现实的问题。

展览会之前有很多人泼冷水。一些有经验的举办单位告诉我，做了六个月的宣传，开幕那天只来了十二个人。交易都是亲戚朋友的捧场，一个展览能推销七八件，已是骄人成绩云云。

我却对这次的展出充满信心。第一，他们兄弟的作品，是我在内地看到的很少数具有"真""美"和"趣"的。有了这三个字，一定有爱好者。

观音像、各种人物陶瓷雕塑之外，另外有一种极吸引人的东西，那就是船木家私。

发现这种材料，也很偶然。曾氏兄弟终于有能力买自己的房子，要用什么家具？正在烦恼，有天在海滩散步，适遇潮退，露出一副如恐龙巨骨般的木船残骸。木头造型之美，深深令弟弟曾鸿着迷，他请人把沉船运回去，在他们烧窑的工作室中把木头起钉打磨，然后尽量根据原来的形状做出桌椅和各种休闲家具自用。

船的木头当然选最坚固的来做。考据起来，很多是南洋的坤甸木，密度极高，重量十足，一般木头扔进水中都会浮起来，只有这种沉了下去。而把那么重的木头建成船后又能浮于水面，也近乎奇迹了。

木船用久了，总会受到腐蚀，处处穿洞，修补到不能再修补时，就让整只船沉在海中了，但也要经过三四十年。又在海里浸了数十年后再露出时，被当成废物。有人拆一些当柴烧，因木质佳，可烧几天。一切，都将消失。而曾氏兄弟把它拾回，做出一件艺术品来，岂不是又给了木头新的生命？

曾氏兄弟也说过，如今要买什么佳木，都能在市场上找到，但是多做一件家私，多斩一棵树，值得吗？这句话，实在令人沉思。

依沉船木的形态，曾力设计了一张喝茶用的桌子，桌面上镶入一个半边的石磨，在上面沏茶后，洗杯的水依石磨的口流下，又实用又美观，人见人爱。

第一天的展览吸引了一千多人参观，第二天两千多，第三天星期六三千多，第四天星期天，人数数之不清，第五天只开半天，也有千多人前来。

作品卖得七七八八，定做观音像、达摩像雕塑的数目不少。那些船木家私，尤其是那石磨茶桌，更被参观者重复又重复地下了订单。

谁说经济低迷就没人肯花钱？只要是值得花的，香港人还是出得了手，像那座关公像，庄严威武无比，有一位警界人员看了老半天。

"反正要摆的，为什么不摆一件艺术品？"我问他，"普通庸俗的也要两三千，这一件一万多，看得你心花怒放，算他一天十块钱，也值得了。"

此君点点头，即刻把关公像请了回去。

重复我刚才所说，只要"真""美""趣"，就一定有市场，而你的绘画，具备这三个条件。

我想说的是，你身为香港画家也应该回香港来开一个展览会。每幅画不要标价太高，让每一位欣赏你作品的人都捧一张回去。细节我们可以再研究。

香港你也好久没回来了，阿明出生之后也从没看过香港，是时候了。如何，请作复。末了，向你先生问好。

祝

旅途愉快

蔡澜顿首

放大

　　从前我们拍照片用菲林，冲洗后放进蜡纸的长筒，一卷卷叠起。拍得多，变成一包包，一箱箱。放大了印的照片，要找地方收藏更不容易。

　　现在的数位相机可好了，存入记忆卡中，储进计算机后又能翻用。不必考虑菲林的价钱，大家更无忌惮地乱拍了。

　　加上了手机，又流行起 Facebook、Twitter 和微博，男男女女都成为摄影大师，有的更自认为老饕，见到食物，都举起 iPhone 来拍下和别人分享。

　　有时看到一些网友的"大作"，实在不敢领教，拍出来的照片，比我写稿用的纸还要平坦。为什么不肯注意最基本的光与影呢？

　　"什么叫光与影？"小朋友问。

　　"像素描一样，画一个石膏做的球，一边亮，一边暗，就显得出这个球是圆的。"我简单地说，"一定要有一个光源才行。"

"但是现在室内点灯，几盏灯下面，哪儿能看出光源？"

"那么看古时候的西洋画好了，当年除了阳光和蜡烛，就没有光源了。"我耐心地解释。

才不管你那么多了，举起手机来就拍。小朋友问的是："如果要成为大师的话，用哪种最新型的？买架莱卡行不行？"

"成为大师，必须开展览会，开展览会，得把照片放大，挂在墙上供人欣赏。你拍的照片，有没有放大过？"

"在交友网站上发一发罢了，放大来干什么？"他们反问。

不得不说粗口："用莱卡拍，重要的是镜头好，一张老虎的照片，放大了几百倍，每根毛发都清清楚楚。你不放大，用什么他妈的相机都行。"

坏人为什么不一枪打死英雄

张彻还没有当上导演时，问我说："日本的武士片，坏人包围英雄，一直瞪着他和别人厮杀，但是站在他后面的歹徒从来不一起上把他杀掉，为什么？"

我也不知道为什么，日本动作片一向是这么拍的嘛。后来张彻拍戏，坏人总会一起上，当主角的王羽三百六十度转身，像跳芭蕾舞似的，把他们都杀死，观众看得好过瘾。

英雄杀的人多，自己也被斩了又斩，但还不死去。青年一辈的导演开始问："中了那么多刀还不死，为什么？"

从前的英雄，子弹打不完，吴宇森加了一两个装子弹匣的镜头，观众就不问为什么了。

动作片的漏洞总是出不完，就看你肯不肯细心去说明一下，但导演绝对不肯，连好莱坞的也是。

千篇一律的毛病是到了尾声，英雄一定被歹徒抓住。大反派永远那么笨，抓到了痛恨的眼中钉，也不一枪打死他。为什么？

把英雄绑住，让他给刀锯或毒蚁咬，也许有更残忍的死法，就是不肯自己动手，反派拍拍屁股走人。

结果你当然猜到，英雄松了绑，在千钧一发时逃出生天，回去找坏蛋算账。

《星球大战》如此，《〇〇七铁金刚》也如此，到最新的《×××特攻队》，也是如此，一成不变。

我拍动作片的话，一定叫大反派狞笑："你以为我还留一条命给你？"

说完，一枪把英雄干掉，或者连开数枪之后，狞笑而去。

但是，英雄一死，戏不完蛋了？

不，不。请别担心。大反派走后，英雄奄奄一息，给女主角救去，养了伤，又回来报仇。这么一细心说明，观众也看得舒服，虽然还是被嘲低智商，至少留了点面子。

动作片的毛病，还有大反派的死法，永远不肯给观众看个清楚。那么惹人憎恶的人物，死得那么简单，算是什么？

反派的死法不过以下数种：一枪打死、一刀斩死、爬出地铁被撞死、日光照死、大白鲨咬毙等等。但我们看戏，都想看到他死得悲惨才痛快，动作片就是不给你这个满足感。

最新的《×××特攻队》中，大反派乘着快艇逃命，撞向小岛，轰隆一个大爆炸，就这么死了。你说这不是低估观众的智商吗？

拍同样的戏，应该给大反派一个面对死亡的惊慌表情，跟着爆炸，人被撞得稀烂，尸体还被烈火烧烤，那才对得起观众呀！

老手拍戏，毛病已经那么多，年轻导演更犯错误，最常见的是缺少镜头。但告诉了他们，他们觉得伤到自尊，大发脾气，死性不改。

从前大片厂的监制制度就不同了，导演拍完，监制看了要他们补戏，也得乖乖就范。其实这是重要的一课，一个很难得的机会。片子上映，功劳还是导演的。

歹徒逃到高山上，就那么摔死。监制们会叫导演多拍几个镜头，像补上他的脚踏到松石，一声大叫，才接回导演拍的摔死，这才完整呀。简简单单的几个特写，已经完全不同了。

拍电影像在说故事，说得动不动听和拍得好不好大有关联，有些导演不是说故事的高手，所以拍出来的东西让观众看不懂。大片厂的制度下，要补戏，补拍也拍不好，就得烧掉了，公司的招牌更要紧。

我们用嘴说故事，导演用镜头说故事。职业说书的把英雄人物从楼上跳下来也能说半天，低级的一下子就落地了。

西部片中双雄决斗，没经验的人拍，你一枪我一枪，在远镜中，歹徒中枪死去，和一下子跳下去一样。高手拍决斗，先营造气氛，互望一轮，反派的手一动，英雄慢动作从枪套拔出枪来，砰的一声，枪口喷火，子弹看得清清楚楚，打了出去，直飞反派心脏，打中破裂，歹徒脸部痛苦，整个人被子弹打得飞了出去，碰到墙壁跌下，血不断由胸口淌出来。英雄吹熄枪管的烟，用手把枪转动数次，手枪被阳光反射得亮闪闪的，啪的一声装进枪套之中。再做一个我不得不杀你的悲哀表情，转身扬长而去。音乐从缠绵转入壮烈。

如果要加的话，还有大把旁观者或夕阳的特写，数之不尽。但双雄决斗是瞬间的事，那么一堆慢动作太过造作，黑泽明就不肯干。他说武士片的双雄决斗，也应该像西部片一样，拔刀等于拔枪，非一击即中不可。

又要快，又要镜头少，又要得到观众满足，怎么处理？

《穿心剑》中，三船敏郎和仲代达矢对峙，两人站得很近，一下子拔刀，观众绝对看不清楚。黑泽明也够胆，不用慢动作，看不清楚的话请再看。我们进戏院数次，才看得到三船敏郎的确拔出刀来，反手一刀刺穿了对方的心脏。

这时真的喷血如泉，那血四处飞溅，看得观众目瞪口呆。反派大力摔在地上，血从他惊讶的脸部旁边涌出。

煞是好看！但是，世上又有多少个黑泽明呢？

张艺谋的《英雄》，看过的人有种种意见，综合起来，劣评较多。

此片一直宣传，从不曝光。后来在《时代周刊》中看到的几幅剧照，魄力摄人，非常美，得到第一印象。

在人民大会堂做首映，我想先睹为快，可惜无此机会。等到上映了又俗事缠身，只有听朋友的观感。

"故事交代得不清楚。"阿甲说。

"武打场面太虚玄。"阿乙说。

"只是一味地唯美，颜色鲜艳而已。"阿丙说。

电影，有许多角度来观赏，哪一种最正确？你认为对的就最正确。

终于看了。我是一个电影工作者，明白制作的甘辛，也分得清楚什么是艺术片和什么是商业电影。至于好看与否，完全是个人好恶，没有标准。低劣得不能更低劣的制作，有时因为一群想标新立异的影评人吹捧，成为经典的也不少，唯有一笑置之。

我们看好莱坞片子长大，美国片的市场也是全世界最大的。艺术片不谈，以《北非谍影》等雅俗共赏的电影来看，算是公正的吧。

首先，作为一个西方观众（也不能说是西方，算世界观众吧），《英雄》的故事，交代得是十分清楚的。

还没有看此片之前，我曾经担心：一部由小人物发展为大时代的戏容易讨好，但一个由历史巨篇缩小的故事，拍起来相当吃力。

但是张艺谋功力到家，两方面都照顾得好，从他的战争场面中很明显地感觉到黑泽明的《乱》，但是拍得更为壮观。他所描写的情和义，也不拖泥带水。

故事的叙述虽然也有点像《罗生门》，以色调来美化，没有什么不对。不像《罗生门》的，是它有一个明显的答案，谁对谁错，讲得太过清楚。

中国武侠片中，导演常缺少交代的镜头，对动作拍得不合乎现实，完全忽视了力学的可能，被讥笑为玄虚。后来好莱坞抄了去，加入科幻的因素，才被观众接受。这一点李安最明白，在《卧虎藏龙》中拍出的动作都有根有据，先说服观众，再拍竹林决斗，虽有点飘忽，也被美感冲淡了。

张艺谋处理的武打，同样是以剑点水借力，才能飞跃。世界观众，不觉夸张。

唯美的摄影，没有什么不对，好看总比阴沉佳。只是拍得太多，略嫌拖累。张曼玉和梁朝伟之间打得重复，最后一场的决斗就显得无力了。两人刺秦，杀那么多人，对西方观众的说服力弱，暗场交代反而讨好。双雄在湖上的打斗其实可以尽可能缩短，但画面实在太美，导演舍不得剪。高手过招，一下决胜负，这一点黑泽明看得较通。

至于最富争论的歌颂秦王，对世界观众来讲，并不是一个问题。

张艺谋选了一个刺秦的故事，最难处理了。

刺客的壮烈，可歌可泣。但历史不能改变，刺客都失败了，而拍失败了的英雄，只是一个平面的故事。张艺谋想更深地挖他一层，没有错，他也不一定想借题发挥，别那么单纯地批评他。

问题出在西方观众对秦始皇的理解并不够深，他是个暴君吗？那么片子应该以尸体堆积如山开始，张曼玉饰演的角色看了，才感到仇深似海。

他是一个好皇帝吗？不是最后的一个长城远景可以说明的呀。

天下？天下又如何？统一怎么带来和平？没有形象的话，外国观众还是不受感染的。

张艺谋在记者发布会上说："观众会将《英雄》和《卧虎藏龙》比较。李安是南方人，他拍的东西细腻，我拍的气派壮大，是不同的。"

言下之意，李安小里小气。但是我并不觉得。我认为李安熟悉西方，他拍的戏在武打方面来说，在感情方面来说，有一股清新的东方味道，颇受西方认同。两部戏比较，很对不起张艺谋地说一句，还是喜欢李安的，也许我也是小里小气的南方人吧。

演员方面，梁朝伟的侠气并没有篇幅让他发挥，张曼玉的爱和仇，也比较模糊。张艺谋拍章子怡，并不如李安拍得美。但这样说也不公平，李安那部戏的剧本完全是为章子怡这个角色写的，任何较有气质的女演员，都能成功。

当然，最出色的是演秦王的陈道明了。据说张艺谋本来要找姜文来演的，因为他没有空才找到陈道明。我认为姜文演起来，也不一定比陈道明称职。

总括一句：《英雄》是绝对值得看的电影，中国武侠片数一数二的代表作。我说的只不过是一些小瑕疵，整部片子还是很成功的。也许你可以说黑泽明的史诗式电影艺术性较高，但可观性和画面的魄力，《英雄》毫不逊色。日本观众看了，也会感叹现在他们拍不出这样的电影。

片子在美国上映时能不能比《卧虎藏龙》卖座，很难说。如果还有机会删剪并加以历史及人物背景的说明，对票房可能有帮助。

不懂得中国古今历史的外国观众，尤其是好莱坞式的观众认为，最后秦王把无名放了，才是合情合理的。这是张艺谋最不了解西方观众的地方。

画
家
电
影

关于画家生平的电影很多，拍得最好的是《红磨坊》（*Moulin Rouge*），但并非妮可·基德曼那部，而是在五十年前摄制的。我以前的专栏中已介绍过，不赘述。

印象犹深的有查尔斯·罗夫顿的 *Rambrandt*，但罗夫顿始终是罗夫顿，他只演自己。同样的，寇克·道克拉斯演的梵高，在 *Lust for Life* 一片中，永远是咬牙切齿，没有画家，只有牛仔。

第二部拍得好的画家电影，应该是前些时候上映的 *Frida* 了，在香港莫名其妙地被翻译为《笔姬别恋》，根本无关痛痒。现已出 DVD。

墨西哥画家之中，没有人比得上 Frida Kahlo 更突出，为了方便，我们暂时音译其为飞烈妲。我在墨西哥拍戏时，当地人一提到她，都只叫她的名字，不叫她的姓。

飞烈妲的画很容易认出，只要看到一个双眉连在一起，又留点短髭的女子的画像，就是飞烈姐的作品。

不断地重复她的自画像，绝对不是有自恋狂。她从小有小儿麻痹症，左脚歪掉。十八岁那年又遇严重车祸，毁掉脊椎和整个骨盆。长大后，她经过无数次开刀、堕胎、被出卖、锯指、断腿，一生大部分时间要穿着铁胸箍和腰罩才能活活。她躺在床上的时间多，所以她说过："我画自己，是因为我孤单的时候多，也因为我最熟悉的是我自己。"

在她床头的天花板上，有一面大镜子。床边，有可以让她躺着作画的画架。

电影很忠实地把她人生每一个阶段都拍了出来，同时把她的画搬出来印证，这最正确了。飞烈姐看到什么就画什么，感觉到什么就画什么，她的简单明了直接的画法，被很多人误会成超现实主义，其实，她不过是坦白得可爱。

女主角由 Salma Hayek 扮演，她是位墨西哥大美人，双眉之间加了毛，扮相和画中的飞烈姐分别不大。观众还是认为演员比画家美，这一点是错误的。

一九三八年，飞烈姐在纽约开画展，遇到了摄影师 Nickolas Murray，两人发生关系，从他为飞烈姐拍的一张彩色照片看来，飞烈姐比 Salma Hayek 还要漂亮得多，有气质得多。电影把这一段感情删掉是明智的。

自己最寂寞最无助的时候画自己，又毫无掩饰，怎么画出美人来？从幼稚的技法到成熟，最初的欧洲影响消失了，代之的完全是墨西哥人的强烈颜色，背景更是随着年纪而变得细腻、优美。在一九四八年，她四十一岁时所画的，头上箍着抽纱丝巾，衣服的一针一线都仔细描摹，很多古典名画都没她画得好。

飞烈姐自年轻开始就爱上墨西哥的另一个画家第艾高·利维拉（Diego Rivera）。从他们的结婚照片和绘画看得出，第艾高大出飞烈姐有一倍多。电影中这个角色，找了英国性格演员 Alfred Molina 来担任，他在舞台电视电影表演中都很出色，演起来身形和神态都像。在真人真事中，第艾高的作品多数是宣扬共产主义的壁画，成绩绝对赶不上他老婆。

第艾高见女人就搞，连飞烈姐的妹妹都搞上，伤透了她的心。她说过："第艾高是世界上你能找到的最好朋友，不过是个最糟糕的老公。"

痛苦围绕着飞烈姐一生，最受创伤的是一九三二年那一年，她跟随丈夫到美国最无趣的市镇 Detrait 去住，第艾高再次背叛她。她流产，母亲又死了，所以画了那幅不朽名作《亨利·福特医院》，又称为《飞跃的床》。油布上，飞烈姐裸体躺在巨大的病床上，下身一大摊血，红线绑着她死去的婴儿，一只蜗牛代表时间的难过，还有一个破裂的骨盆、一个腰箍和钢锁等等，看得令人不寒而栗。

飞烈姐画的，不是她看到的东西，而是她感觉到的东西。

她痛苦了，就画眼泪。她觉得时间过得快，就在自画像中画一个时钟和一架飞机。飞烈姐是一个天真到再也不能天真的女人，再没有一个女画家像她一样那么忠实和敢于表达自己。这一点，她丈夫第艾高也说过。

一九四四年，当健康进一步恶化时，她画了《破碎的支柱》。飞烈妲的裸体从中间裂开，里面有根破碎的大理石支柱，胸和腹缠着钢箍，身上各处插满了一支支大大小小的铁钉。一九四六年，手术再次失败后，她画了一只鹿，头是自己的，身上插着箭。这都是她一生的记录，电影把剧情细腻地拍出来，重叠着她原本的作品。

一九五三年，画展举行时，飞烈妲已经病得不能动了，但她叫人把整个床搬到了展览会上。翌年死亡。

死，在墨西哥不是一件悲哀的事。我在那里生活时看到烟花，想买回来放，但当地人说在葬礼上才放烟花的。墨西哥人一般都活得短，贫穷、疾病不断与他们为伍，所以对死亡也接受了，不悲哀，当成值得庆祝的节日。我年轻时一直喜欢飞烈妲的画，有幸去了墨西哥，深深感受到爱情、背叛、死亡、烈日、狂歌的混杂，爆发出缤纷的色彩，在飞烈妲的作品中表现无遗。而这部影片，像一位导游，忠实地介绍了她的内心世界。

电影 *Frida* 的导演也是位女士，叫 June Taynor，此人在电影圈陌生，但在舞台和歌剧方面却成绩斐然，得奖无数，是位很有深度的知识分子。电影对于她，只是另一种媒体或工具，应付得绰绰有余，但值不值得她去追求，还是一个问题。

电影导演这种怪物（一）

　　爱上电影的人，都梦想有一天能当导演，但此梦难圆。因为电影导演是另类人类，近于怪物。

　　从前，电影导演给人留下的印象，是一个半秃的老头，戴巴雷帽、墨镜，留八字胡须，手指夹着大雪茄，拿着一个麦克风呼风唤雨。

　　当今的没那么威风了，穿着牛仔裤，一身脏，站在片场中，外人看了，还以为是修理机器的小工。

　　我在电影界生存了四十年，前二十年在邵氏，后二十年在嘉禾，所遇导演无数，他们都有一个共同点，那就是为了达到目的，非牺牲周围所有人不可。

　　老一辈的导演的确有他们的威严，在片场中指挥一切，所有的事无论大小都要问过他。导演遇不如意者，一喊"收工！"大家都吓得话都说不出口来。

如果说男人在工作时最能产生魅力，那么电影导演在发命令时是男人最好看的一刻，不管他长得多矮多丑，女人都会倾倒。

在导演未走进摄影棚前，一群十几名的灯光师已爬上天桥将灯打好，摄影师在下面指挥，副导演四处视察，美术部布置好桌椅，小道具工做最后的摆设。另一厢，服装师为演员穿上戏服，化妆师、发型师为他们梳头打扮。当所有的准备工作做好，剧务就去请导演登场。

咬着雪茄的他，伸直双手，拇指和食指张开，做成一个虚构的画面，向摄影师说："从这里拍。"

说完就坐在一张背后写有"导演"二字的帆布椅上，做他的"分镜头"工作。通常是拿了一个剧本，翻到第几场，再用支笔，写上第一到第二十几的镜头号码。几名副导演在背后偷抄下来，好做下一个镜头的准备工作。

轮到明星登场，大牌的和导演谈笑风生，导演也得应酬一下。新人演员则静静地坐在一旁，战战兢兢等导演指导。

肚子里有料的导演，通常知道他们要做些什么，拍摄工作就较顺利了。而一些没有自信心的导演，恐怕演员来压住他，便要先要下马威了。

叫明星们做一场需要内心表演的戏，就算对方演得好，不管三七二十一，先来一个 N. G.（No Good 的缩写），表示不好的意思。N. G. 来 N. G. 去。一 N. G.，就是几十个。哼哼，那么多人看，你还敢不听话？

有些干脆把剧本往地上一摔，迁怒到摄影师、灯光师和道具工等，先由副导演骂起，一个个轮流训话，最后向送茶水的女工大喊："你的茶怎么不够浓！"

好了，这时女主角出来打圆场："导演呀！太紧张对身体不好嘛。"

导演转过头，瞪住新人的男主角："你这笨头笨脑的傻蛋，笑些什么？"

当年的导演一出外景，天气不好，当然叫收工，天气好了，也叫收工！"为什么收工？"有个年轻小子副导演竟然斗胆发问。

"云的位置不对呀！"导演怒骂，"你懂得些什么？"

制作费的超支，导演才不管它。最后，这些横行霸道的恐龙当然一只只倒下，因为付钱的老板先死掉了。

电影导演是怎么培养出来的呢？

科班出身的最为正统。他们由场务、道具工、摄影助手等岗位学起，最后做到副导演，再升为导演。

半路出家的有摄影师和编剧，在这两行中做得出色，就有老板提拔他们出来做导演。

演员一红，自己说要导了，老板也听他们的。反正当年有卖埠制度，签了某某明星，新加坡、马来西亚可以卖多少，菲律宾、印度尼西亚和外国唐人街戏院可以卖多少，加起来，有得赚，戏就开拍了。你要当导演就给你当导演。

武侠片的兴起，令武术指导也当了导演，他们多数是没受过教育的，片场经验也不全面。

其中一个，我亲眼看过，用了一个日本摄影师，外景拍到下午四点多，摄影师就喊收工。导演看到明明还有一个大太阳，"收什么工呢？"忍不住问了一句。

"色温不够了。"摄影师说。太阳的温度影响菲林的感光，叫作色温。

导演不懂，心有不服，散工后坐在面包车上，转头去向副导演说："喂，明天带多一点色温！"

因为导演本身的自信心不够，才会引起后来外国电影界耻笑香港电影没有剧本。

剧本是有的，不过导演们喜欢乱改。东听一句西听一句，说是收集大家的意见，其实是他们自己没主张。他们都心知肚明这是他们自己的作品，非拍得最好不可，所以迟迟不做决定，到最后一刻还要修改。修改后用复印机印出，一张张派给演员念对白，有剧本也等于没有了剧本。

有时，女明星为了多占一点戏表现自己，也和导演研究剧本研究到床上去。我见过一个导演在片场里大发脾气，问女主角为什么还没到。最后那女的姗姗来迟，向导演做了个媚眼："你昨晚把我搞得那么累，我怎么起得来？"

导演就不出声了。

电影导演这种怪物（二）

一场戏是怎么导的？

美国式的是先打了灯，在任何角度拍摄都行，我们行内叫"天下光"。导演叫演员把这场戏的全部对白都讲完，然后再拍每个人的中景或特写，来强调戏的重量。对白也全部从头到尾再讲一遍，剪接起来便没问题了。

欧洲式的导演是先从一边的全景拍起，拍到演员时，把镜头分成一、三、五、七来跳。然后从相反的角度再拍一个全景，以二、四、六、八来拍另一个演员的对白，不必要的不用重复。

从前的香港导演，继承的是欧洲拍法，这较为省时，但是中间忽然有个镜头忘记拍了，就要叫灯光师再重新打一次灯，浪费不少工夫。工作人员都想大骂，但碍于导演是上帝，不敢出声。

高手心中有数，一场接一场，节奏流畅。低级的导演临时乱改剧本，愈拍愈多，最后怎么剪也接不上。

电影导演认为每一场戏都是他们的精心之作，片子拍得长了，死都不肯剪。片子一长，上映的场次就少了，减低收入。这时老板和监制们出来干涉，纠纷即刻引起。

"牵一发动全身！"导演大叫，"你剪掉我一个镜头，我就要你的命！"

我通常不要求导演剪一两个镜头，而是把整场戏拿掉。只要后面接得有理，导演到最后还是会折服的。

好导演的戏像明朝的小品文，每一个字都重要，一点废话都没有。坏的，总认为自己拍得一定错不了，这个镜头留长一点，那个镜头留长一点，结果弄得整个戏拖泥带水，节奏慢吞吞，看得观众昏昏入睡。

有些导演，拍了几十年戏，还以为镜愈短，节奏愈快，到最后看得观众眼花缭乱，也不知道他要说些什么。他们命好，名气大，没有遭到淘汰，是种异数。懂得电影的人，是看不起他们的。

当导演最基本的常识，是如何把一个故事讲得动听，连这一点都做不到，就没有资格当导演。说故事也不必从头说起，由中间来也行。写文章有起、承、转、合，电影也可以用承、转、起、合的形态来表现，美国的怪才塔伦蒂诺就常用这种手法。

从前在邵氏，新导演要开一部戏，邵逸夫爵士会先叫他们把故事用口讲出来，说得纠缠不清，就没机会拍了。

但不是每一个导演的口才都好，有些人想到一个好题材，就请一个叫程刚的导演去向邵爵士讲故事，他七孔生情，连带音响效果说了一遍，结果通过的例子也有。

在邵氏的年代，一部片子拍好，邵爵士来看试片，发现故事没讲好，就叫导演"补戏"，制作费超支也不要紧。这种传统后来到了嘉禾，何冠昌先生也叫导演们补戏，直到做到最好为止。

但对导演来讲，补戏是一种耻辱，明明说得那么清楚，为什么你们看不懂？主要原因是导演整天把故事向自己说了一遍又一遍，自己当然懂，观众不懂罢了。

补戏其实是一种幸福，片子拍得好，功劳归导演。如今制作费俭省，要补也没得补。

除了补戏，就是补镜头了。这份工作由监制负担。监制们每天看导演拍的镜头，要是少了一个的话，请导演补拍。片段的戏虽然零零散散，但监制们已在头脑里组织好了，看得出导演的毛病来。

举一个例子，男主角爬到高山上逃命，导演用远镜拍他们登山，一不小心，摔了下来，导演又用远镜拍他们摔死。剪起来，这场戏就说服力不强。

这时，监制们会要求导演补一个男主角的脚部特写，他踏到了碎石烂泥，所以摔下来，两个远景中间插了这个特写，画面就救活了。但是一般导演都不能接受这个补救的方法。

导演像一个带兵的将领，战士们用什么武器，他们都应该熟悉。至于这个将领懂不懂得布阵，那是素质的问题。但基本上，他们需要什么都懂一点。

有些导演的知识有限，又不肯学习，做错决定了，还未发现。明眼之人一看，贻笑大方。像圈内出名的导演，拍一古装戏，男主角为人捎一封信，半途遇雨，信被淋湿，字迹模糊看不清楚了。

他不知道中国的墨有胶质，是不会溶化的。装裱字画需要浸水，如果按这导演的想法，还裱得成吗？

当然，你可以说是小瑕疵，全部片好看就是。要好看，就得把故事讲清楚。这个导演早年拍了一部特技片，画面优美，但观众不知他要讲些什么。事隔多年，他重拍相同的故事，还是讲得不清楚，这证明他并未长进。

我重复强调，电影导演需要看书，从文字化为画面，是导演的基本功。现在的导演只看别人的戏和MTV，从形象变为另一种形象，是第二轮的形象，看起来总是熟口熟面，三流货色而已。

从前的导演，多饱读诗书，能拍出意境来。但可惜的是商业性不强，渐被淘汰。每一种行业，都要求生存。要生存，商业的成功是最主要的因素。我们接下来可谈谈导演在商业和艺术之间的冲突。

电影导演这种怪物（三）

世上有多少伟大的导演，像苏联的爱森斯坦、美国的格里菲、英国的里恩、瑞典的褒曼、印度的雷、中国的费穆等，数之不清，他们的作品在电影艺术史上永垂不朽。

热爱电影的人都想当导演，而且不是当一个小导演，而是当大导演，大大的导演。

没有人记得希区柯克用的摄影师叫什么名字，更何况是美术、道具和场务等小人物。一部成功的电影只属一个人的，那就是导演了。

大家都忘记电影是团体的创作，一点一滴，都淌着一大班技术人员的血汗。

这些所谓经典的巨作，当年公映时大部分都不卖座，先死了老板，谁管他妈的老板呢？身边充满艺术细胞的工作人员都不顾了，还会顾及老板？

要做一个成功的导演，必须拥有巨大的自我，有了这种自我中心，才能突出重围。一将功成万骨枯？百万亿骨枯也不要紧，只要在字幕打上某某人作品就是。

商业上的成功，并不算成功，要全世界影评人都赞许，才是成功。

得奖是全天下的导演最崇高的梦想，不管是什么莫斯科奖、多伦多电影节奖，或是亚太影展奖，有奖好过没有奖。奥斯卡金像奖，更是一辈子盼望的东西。

为得奖而赖着不走的导演多得是，片子在商业上失败了，投资者渐少，但他们还是拿着剧本到处兜卖，希望拍出一部更上一层楼的来。

自从哥普拉和卢卡斯的崛起，各国导演们意识到商业和艺术可以并重，大家都想拍雅俗共赏的戏，但那么多导演之中，有几个斯皮尔伯格呢？

香港影业，一向以商业挂帅。成功的导演，是一个片子卖座的导演，所以出现了像张彻一样，以"百万导演"见称的人物。

电影卖座，导演就可以生存下去；票房惨败，导演就一个个消失。香港电影导演会的名册中，有二百四十三名会员，现在还有多少执导的，大家数一数就知道了。

日本电影在黄金时代，拍出不少很好看的娱乐片，像石原裕次郎的动作，盲侠座头市的刀剑等等。娱乐观众，站得住脚。后来的导演都想得奖，至少来一个本土的"Kinima 旬报"奖。渐渐的，电影不好看了，观众不知道导演想讲些什么，看的人都流失了，整个影坛萎缩，被李小龙、成龙等人的影片打倒。如今的导演意识到非有商业因素不可，又回去拍盲侠片，但已太迟。

台湾也有个辉煌的时代，所拍爱情片卖到香港和东南亚地区，甚至在韩国也大受欢迎。其后也患上日本的毛病，导演们都想得奖，至少来一个金马奖，结果走向灭亡。

我这么说，并不代表我本人不喜欢看曲高和寡的艺术电影，其实我爱到极点，只是我的俗事缠身，也超过了钻各国影展的年纪，不能在戏院看，唯有买 DVD 回到家里慢慢欣赏。

大家看 DVD，戏院就冷清了，一间间倒闭，这是我们爱电影的人最不想见到的事。我要说的是，爱电影的人应该接受任何形态的电影，不单是获奖片。恐怖片、悬疑片、动作片、特技片，甚至于三级片，都得百花齐放，电影业才能繁荣。

电影不应该被几个想得奖的怪物主宰，应像美国一样，当成一种全球皆需的工业，比如福特汽车、盖茨计算机，才会发扬光大。要电影业继续生存，我们必须到好莱坞参观他们的片场，五层楼那么高的楼顶，才可搭出景深很长、模仿现实的布景。和他们的一比，我们的电影工业，局限于制造塑料花。

当然导演们可以自圆其说，我们的市场并没美国那么大呀！市场是创造出来的，当年功夫片的庞大市场，我们曾经拥有过。

福特汽车做不出，也可以制造电单车呀。日本的本田，也靠电单车起家。

这要说回韩国了，他们的电影业一向活在好莱坞、中国香港和台湾片的阴影下，但是韩国人是发奋图强的，所以创出了杰出的电器产品，汽车也做得不错。电影、电视剧和流行音乐等更制造出一股"韩风"，镇压了日本和东南亚。

香港电影有很强的根基，尤其是在拍动作片方面。什么叫根基？就是失败经验的累积。像好莱坞拍歌舞片，拍得天衣无缝，我们的动作片，外国观众也看不出主角在用替身。咦，人是怎么飞上去的？香港电影的威亚也吊得真棒，把他们都请来美国指导吧！

我们并不否认导演得奖是好事，只想说基础应该打得好，说故事的能力需要很强。看爱森斯坦的手法理论书，他把每一场戏、每一个镜头事前都分得清清楚楚，连效果和音乐都记录下来。像成为一个作家应该饱读群书一样，电影导演也得看遍所有的古今中外经典片子，当一个人研究完其他人的作品，这个人就懂得什么叫作"文章留待别人看，晦涩冗长读亦难。简要清通四字诀，先求平易后波澜"了。

从文字变为形象，总是好事。

可惜的是很多想得奖的导演不是人，他们是怪物，因为他们只看很少的好莱坞作品，他们不读书。

电影导演这种怪物（四）

爱看电影的人，英文叫作 Film Bug，就是电影虫。

天下的电影虫，都从蛀蚀全世界电影开始，他们从小泡戏院，十一点半接着一点半、四点、七点和九点，连半夜场、早场都吃光，逃学是件小事。

一有影展举行，更千方百计弄到戏票，内容看不懂也不要紧，最重要的是看、看、看。

在外国旅行，也专找二三轮戏院，看一些错过的片子。什么铁塔伦敦桥，简直是浪费时间。

片子看得多了，走进香港戏院，咦？怎么拍得那么差？这个导演应该拉去打屁股！

"我自己来导的话，哼哼，绝对比你好！"这是有理想的年轻人心里的话，"那么容易，谁不会？"

电影拍摄无法入门，就去外国留学，到艺术大学的电影系或电影学院短期进修。

"你们以为自己已能导演了？"教授笑眯眯地问。

大家不敢点头，但心中还是说："谁不会？"

"好！"教授看得出，"你们用摄影机，先拍一个人从甲点走到乙点。"

"那是小孩子玩泥沙嘛。"学生们想。

远景变中景，中景变特写，拍完了放给教授看。他点点头："不错，不错，现在，你们拍路人A追路人B，从甲点追到乙点。"

剪接起来放映的，一下子是路人A向左，一下子是路人B向右，甲点到乙点，乙点到甲点，完全错乱。这时开始泄气，教授又笑眯眯地："要不要试试，加一个路人C？"

虽说眼高手低好过眼都不高。但是，手低就是手低，以为自己是导演的人，没有做过，不行就不行。就算你在电影圈多年，又导过几部戏，也会制造混乱，像一些飞虎队的动作片，飞虎队穿黑衣戴头罩，歹徒也穿黑衣戴头罩，结果谁打谁，观众看得摸不着头脑。

好莱坞导演大师，把正派和反派的服装，分成一白一黑。我们的导演不屑于做得那么明显，结果只有他自己知道哪一个是坏人，哪一个是好人。

蒂姆·波顿拍《蝙蝠侠》时，故意把所有的场面压得黑漆漆的，真有风格。我们的导演即刻模仿，夜景奇多，他们根本不懂得人家在黑中也有层次，该黑的地方黑，该亮的亮，以为一切黑漆漆就好，结果真是变成了非洲人晚上抓乌鸦。家中看 DVD 时，明暗更不明显，只见画面全黑，以为电视机坏掉。他们根本不懂得在黑暗之中，也有光和影的存在，为什么不看看五十年前拍的《第三个男人》呢？

好了，从电影学院毕业出来，总会拍戏了吧？

从前的大学，教的都是理论，又引导学生们走艺术电影的道路，和现实的商业环境完全脱离，令年轻人迷惘和痛苦。当今的学校，一开始就要你学会怎么在电影界生存，像斯皮尔伯格和卢卡斯都是佼佼者，但是不能为例，在他们后期的诸多毕业生中，有几个成了成功的导演？

想尽办法混入电影圈，从小工做起，再爬上去吧！电影虫那么想，也有些做到了。

第一次当导演的怪物，总想创造自己的风格，有的每一个镜头都铺车辘，推前拉后；有的每一个镜头都是手提拍摄，摇摆不停，看得观众眼花缭乱。

什么叫剧本？一剧之本嘛，应该照拍。但是怪物们想做到最好，又没信心，东听一句西听一句，都摇头说不行，暗地里还是依人家的意见拍了。"哼哼，都是老子想出来的！"他们自傲地说。

拿不定主意时，就发脾气了，一切都看不顺眼，怪这个怪那个，把责任都推到别人身上。延迟拍摄，让自己有时间改剧本。

小改不要紧，有时整个剧本都推翻了。这在香港的电影圈中，也是经常看到的事。

　　老板们那么傻吗？导演说故事的能力不强，但骗人的本事可是一流："加了这些意境，一定得奖。得奖的话，卖给外国的艺术电视台，版权费加起来，也是个大数目！"

　　老板就让他们胡作非为了。

　　愈是怪诞，愈显艺术家个性。好莱坞导演契米诺在拍《猎鹿者》时，工作人员拿了 Walkie-talkie 对讲机联络，他心中一烦，把当年还很贵的几十部机器都丢进河里面。他的第二部戏《天堂之门》彻底失败之后，就没有人聘请他了。

　　香港的一些年轻导演也很会耍派头，第一件事就要戴上一副 Ray-Ban 的墨镜。人家老导演戴墨镜，是因为长期在摄影棚工作，眼睛给强烈的灯光照坏了。他们只是想出风头，摆架子。电影圈中出现不少这种没有内涵的怪物，结果只拍了几部，从此就消失了。

　　一切都成反比，没有自信心的人，变成自大狂。摆架子的导演的自我愈大，内心中愈怀恐惧感。

　　"我是不是真的？我是不是真的？"这个问题始终在夜深人静时，环绕在他们的梦中。

　　"他妈的！管它干什么！"这是怪物们的答案。架子照摆，直到他们像冬天的苍蝇一样，一只一只冻死。

电影导演这种怪物（完）

其实要当电影导演并不难，只要记得"行行出状元"这句话就行。进入电影圈之后，你在任何一个部门做得出色，都有机会当导演。

编剧最多，摄影师也很快，从场记做到副导再升上去的不少。美术指导方面一有成绩，也做得了导演。甚至配乐师，只要你有名堂，就有老板肯投资。从演员变导演的无数，不管你是英俊小生还是丑角儿。当今还有很多电视导演转行的，MTV或广告界的也可半路出家。

这么多人，当然有不同的个性。有一种人很温和，老板说什么就做什么，但一旦成名即翻脸，火爆到极点，拍摄过程之中敢违反所有原则。李登辉和他们一比，差个十万八千里。

强烈的自大狂，是需要的，不是这种人，很容易被淘汰。有些表面上看不到，慢慢出现；有些留胡子戴墨镜，一见面就让你知道他是个性格天王。

我在电影圈这四十年，所遇导演无数，见过他们出卖自己，背叛朋友。有的秃了头，还留旁边的长发来遮盖；有的经常托着下巴，找影楼打光为他们拍下小胡子；有的斤斤计较，每个戏都要他们先赚；有的专泡小明星。

这些怪物的共同点，是从来不知道有"各领风骚数百年"的哲学，以为可以当上一生一世的导演。

他们从来不知道有一天自己会倒下去的，也不理会"长江后浪推前浪"这一回儿事，虽然他们做过前浪。

是的，大家都红过一阵子，后来又如何？

电影导演的生涯是短暂的，但失败之后，他们还一直在电影圈等待机会。

别的行业还可以东家不打打西家，可电影导演高高在上，有无比的权力，要他们改行，难上加难。从前在邵氏有位叫高立的，拍过《鱼美人》等卖座戏，后来被公司终止合约。他向我说："难道要叫我去开的士吗？"

开的士也好过饿死呀！

坏在这群人不学无术，又不肯折中，结果其他什么都不会。我很少看到一面当导演一面读书进修的人。

也有所谓的生存者，谁叫都到，有多少制作费不要紧，总之不超支，又非常听话，拍出来的东西当然平庸。老板觉得不要紧，只要有钱赚就是。但生存者不知道会有更年轻、更省钱、更服从的奴才出现，来顶替他们。

没戏拍了怎么办？留在香港苟且偷生，或有点储蓄移民到外国，默默度过余生。他们多数在晚年收一两个小明星当伴。愚蠢的女人有一天也会醒悟，这种没有光辉的生活不是她们想要的，最后离他们而去。

怎么说，还是有人想当导演，干这一行，比吸海洛因更过瘾。事实上，导演的享受，只是在计划剧本的过程中，拍摄期间最多几个月，事后的剪接及宣传更短，有些导演一拍起戏来就不肯收工，就是这个道理。

但要多久有机会拍到一部戏？现今的制作已比从前严谨，一年一部已算丰收。能当时得令，一拍拍二十年的，少之又少。

从来不知道几年才拍一部戏的导演，怎么生活？苦的当然是他们的妻儿。但前面也说过，要当导演，牺牲周围的人，是常事，家人又算得了什么？

当今的香港电影，导演片酬已高，不必靠量维生，但也需好好储蓄，没有染吸毒、荒淫和赌博的坏习惯，才能过活。但最重要的，还是要懂得"狡兔三窟"的道理，随时改行。

导演之中，最让人羡慕的是外国的比利·怀特，他收藏了大量名画，一世吃不完。还有马荣·李洛，老后投资一家玩具厂，在香港制造，生活无忧无虑。

香港导演之中，出现了张坚庭，他少拍戏后开茶餐厅，一间又一间，也是办法。但很少看到其他导演拥有这种生存的本领。

很多转向行政方面，当什么奖什么协会的主席，徘徊在余晖之中。不过个性使然，监制们做行政还有点底子，导演做的话，多数搞得一塌糊涂。

还是敬业乐业，当演员比较熟。像楚原一样，也活得优哉游哉。王天林也该享受天年，但他还是什么戏都拍。有一次看他演反派，剧情要把他投入海中浸死，真担心导演要求逼真，好在这戏以暗场交代。

电影导演是一份神圣的工作，不能当成儿戏，必须清醒地了解制作费的超支和卖座的因素。为艺术而艺术也行，但要对自己忠实，梵高式的殉教，多少人有勇气？别妒忌维斯康蒂这些大师。在外国，可以扣税，就有很多商人为了出名而投资艺术片，我们还没有这种条件。

所有的行业，都应该认清它的弊病才能成为专家。这篇东西献给热爱电影的年轻人，希望他们知道自己能做些什么。

奥逊·韦尔斯二十几岁就能拍出《大国民》，是种异数，不是在人人身上都能出现的奇迹。当导演需要多方面的学识以及罕有的天分，更需要绝灭人寰的自我。

你有吗？好好考虑一下吧。

《无敌猫剑侠》

　　《无敌猫剑侠》原名 *Puss in Boots*，是诞生于《史莱克》（*Shrek*）的小角色，要到第二集才出现。戏份不及片里的另一只驴，如果要独立成另一部动画片，也轮不到这只猫，但给驴子配音的谐星艾迪·墨菲近年的戏，拍一部仆街一部，才给这只猫抢先了。

　　猫总是能够讨好观众的，虽然以黑侠佐罗当模特儿，还是没有水汪汪眼睛的小猫那么惹人怜爱。监制和导演没有走宝，给了一段回忆的戏，让爱猫的观众神魂颠倒。

　　配音当然用演佐罗的拉丁情圣安东尼奥·班德拉斯，他最适合。本来，英雄配美人，搭档的雌猫尽可以让最大的美女安杰拉祖迪来担当。但要明白这是好莱坞，还是白人的世界，拉丁人只能和拉丁人谈恋爱，一踩过界就要被白人观众骂死，就顺水推舟地用了墨西哥的莎尔玛·海耶克，二人曾经在《杀人三部曲》合作多次，就没问题了。

戏虽是给小孩子看，但如果遭到身为父母的观众背弃，钱就赚得不够多。好莱坞看得很准，一向把大人因素也放了进去，剑客要风流才行，那只猫也和美女猫偷过情，小孩子看不看得懂是另一回事了。

剑侠的线还是太单一，就加了童话人物朱与积的故事进去，堆在一起，娱乐性齐全，大家高兴。

好莱坞实在厉害，算准了每一个赚钱的因素：可爱的动物、冒险的剧情、真人做不到的动作等，非把观众的口袋掏个精光不可。

此片，连我这种大人，也看得津津有味。动画片在戏院赚完，影碟又可赚个满钵，不得不佩服好莱坞。